龙岩学院奇迈书系基金资助出版

月色如昨

吴强 著

WUHAN UNIVERSITY PRESS
武汉大学出版社

图书在版编目(CIP)数据

月色如昨/吴强著.—武汉:武汉大学出版社,2018.8
ISBN 978-7-307-20439-3

Ⅰ.月…　Ⅱ.吴…　Ⅲ.杂文集—中国—当代　Ⅳ.I267.1

中国版本图书馆 CIP 数据核字(2018)第 179225 号

责任编辑:李　程　　责任校对:李孟潇　　版式设计:汪冰滢

出版发行:**武汉大学出版社**　(430072　武昌　珞珈山)
(电子邮件:cbs22@whu.edu.cn　网址:www.wdp.com.cn)
印刷:北京虎彩文化传播有限公司
开本:720×1000　1/16　印张:10　字数:124 千字　插页:1
版次:2018 年 8 月第 1 版　2018 年 8 月第 1 次印刷
ISBN 978-7-307-20439-3　定价:39.00 元

序

这是不到半年的时间内，吴强博士第二次嘱我作序。吴强的勤奋与高产，从中可见一斑。这当然绝非一日之功，而是穷年屡月耕耘后的成果。我在欣叹之余，又备感汗颜。遥想十四年前的秋季，与吴强相识于南昌大学前湖校区。蓦然回首，月色如昨。自己生性疏懒，虚度芳华，学业上乏善可陈，而吴强则左右采获收益颇丰。实际上，吴强的学术之旅也并非坦途，一路走来，他有过失落、有过无奈、有过沮丧，但难能可贵的是，他一直在坚持、一直在努力、一直在前行，最终走出了一条学术的阳光道，也赢得了一片学术的艳阳天。

吴强嗜书如命，甚至可以毫不夸张地说，吴强简直就是为书而生，也是为书而活的。以下就我所知，介绍一些他与书结缘、以书为伴的趣事。

吴强乐于购书。学界经常听到类似的调侃：买得起书的人不读书，喜好读书的人买不起书。的确，很多读书人囊中羞涩，只好一再平抑购书的冲动，遇到好书也经常忍痛割爱。吴强身为一介书生，入职高校成为“青椒”，经济上并不宽裕。他生活相当俭朴，但在购书花销上却毫不含糊，经常是大手笔购书。他在武汉大学读博时的学生宿舍和在山西农业大学工作时的教师公寓，我都去过，只见书架上、床铺上、书桌上、窗台上，甚至地板上，都堆满了各类书籍。

据他说，他的江西老家与山西内兄家，都专门腾出房间摆放他的书籍，可谓拥书百城了。

吴强乐于读书。吴强并非出身书香门第，但自从认识他以来，我就知道他一直酷爱阅读，并且涉猎广泛。从前湖之畔到珞珈之巅，他都无暇流连校园美景，而更多的是沉迷于图书馆。硕士毕业担任中学教师后，他一度抑郁寡欢心烦意乱，其中最大缘由就是远离了能自由徜徉的图书馆。高考指挥棒下的中学，充斥各类考试秘笈的县城书店，自然不是吴强理想的栖身之所。吴强很快重新披挂上阵，成功重返珞珈山攻读博士学位。此后，他再也没有离开过象牙塔，并且保持手不释书的好习惯。多年下来，说他立地书橱应不为过。

吴强乐于评书。因为经常购书与读书，吴强总能接触到最新面世的书籍。读书之后，撰写书评也成为他的一大雅好。吴强的处女作《爱因斯坦的政治信仰》，就刊于声名赫赫的《博览群书》(2012 年第 1 期) 上，是关于《爱因斯坦文集》(许良英、赵中立、张宣三编译，商务印书馆 2009 年版) 的书评。不久，关于《美味欺诈：食品造假与打假的历史》(比・威尔逊著，周继岚译，三联书店 2010 年版) 的书评又在声望甚隆的《中国图书评论》(2012 年第 4 期) 上发表。作为博士一年级的学生，他一年内就接连在图书评类的顶级刊物上发表论文，殊为不易。也正是这连环炮，使得他在书评界崭露头角。颇有影响的《书屋》开始向他约稿，他也一鼓作气，撰写了《一天云锦风在下》的系列书评，对黄兴涛与杨念群主编的“西方的中国形象”中的五部译著逐一进行评论。此后，他更是一发而不可收，每年都有多篇书评发表。此书收入的大多数篇什，就是他近年发表的部分书评。

吴强乐于著书。吴强在博士二年级时就完成了博士学位论文的初稿，之后屡经打磨，于 2015 年顺利通过答辩，获得答辩老师的好评，旋即被出版社编辑相中，次年便在母校出版社付梓。之后，他围绕“三农”问题、民国山西史事、农复会、中央苏区史等进行了开掘，并且分别付诸笔端，形成书稿。乍一看，似乎天马行空，但恰恰反映了吴强研究视域的宏阔与研究视角的独特，他善于由点连成线，再扩展到面，并且注意交叉互动。例如，他转向关注“三农”问题，或许出身历史学科班的原因，他并未去追逐“三农”问题的热点，而是沉潜于农科历史的梳理，由此开始打捞民国农科学者，延伸至农复会，再聚焦于民国山西的农学往事以及台湾的农学名夙。此外，他又从农村社会问题的角度切入中央苏区研究。因此，看似区隔较远的领域，就这样被他巧妙地打通了。得益于博闻强记，吴强在叙述某一专题时，众多史料总能信手拈来，如数家珍，书稿喷薄而出也就不足为奇了。

吴强乐于编书。作为青年学者，吴强具有特殊的学术敏感。他在著书之余，对编书也情有独钟且独具慧眼。如他入职山西农业大学不久，就着手搜集该校前身铭贤学堂的史料，分为校情校貌、新闻报道、论说散记、王绶文集等辑，蔚为大观。在此基础上，他又多方搜集关于民国山西农学的资料，分别汇成论说散记与新闻报道两辑，再增补自己的研究成果，汇成《晋农札记》。一次偶然的机缘，他开始从多种民国报刊上搜集家乡江西省婺源县的史料，分政治变迁、经济脉动、文教昌明、民俗趣闻、风物杂谈等五辑，结成《民国婺源笔记》。

毋庸讳言，吴强博士毕业才三年，可以说“出道”不久。他的作品也不可能完美无瑕，不可避免地存在这样那样的不足。但我相信，每一部著作都见证了吴强不忘初心奋力前行的印迹，这就足以赢得同行者的鼓与呼。

余永和

2018 年 7 月 15 日于天津理工大学

目　　录

史海漫步

书林一叶

史海漫步

如何理解大学之“大”

今日国人探讨大学问题每每喜欢提及20世纪三四十年代北京大学、清华大学以及由北大、清华、南开三校联合组成之国立西南联合大学的种种盛况。这种对于“老大学”的高调追捧某种程度上正也说明了当下中国大学令人失望之现状，似乎鲁迅笔下九斤老太天天念叨的“一代不如一代”颇合新旧大学人气之巨大反差。加之以刘绪贻、何炳棣、何兆武、许渊冲和齐邦媛为代表的两岸联大“老学生”回忆录或口述自传的先后出版，活脱脱一个大学“桃花源”呈现于今天你我面前。

殊不知，坊间一股“民国热”流行的同时，“老大学”的种种逸闻趣事也悄然成了学界中人茶余饭后的绝妙谈资。正如孔乙己不写出“回”字的四种写法就生怕别人不知其有学问一样，若是对“老大学”的那些个掌故不了解一二，大有离群之险。然而，国人喜欢凑热闹的毛病又再次显现。试问诸君：有几位认真研读过《〈北京大学月刊〉发刊词》和《中国现代大学观念及教育趋向》这两篇北京大学老校长蔡元培先生集中阐发大学教育思想和办学理念的宏文？

正如著名社会学家、教育家，曾担任香港中文大学校长的金耀基先生在《大学之理念》一书中所言：“大学的起源可以追溯到中国的先秦、西方的希腊与罗马，但现代大学之直接源头则是欧洲中古世纪的大学。”①

从词源上来追溯，现下较为常用的英文“University”一词原无确指，大学最初之意涵也并非是今天由各个系科所组成之教学与学术研究机构，而是颇类似于中古行会由具备一定身份，并拥有一定数量的人聚集在一起的组织，即“公会”(Universitas，或译法团)。直到12世纪末或13世纪初，“公会”一词才开始应用于教师团体或学生社群，但其同样可应用于当时出现的行会组织或市政机构，并非特指大学。事实上，“‘公会’这一术语是学者团体——无论教师团体抑或学生团体——的独特称谓，而非指代此类团体所在的具体地点，甚至即使师生双方联合成立的院校亦不能称之为‘大学’”②。

相比于“公会”一词，真正从词义上贴近“University”的是“Studium”一词，意为“学馆”或者“学科研习所”，而“院校”(Schools)和“城市”(City)则是容纳这些学术机构的具体场所。就含义而言，“学科研习所”包含了三个层面的意思：吸收来自世界各地的学子前来学习和研究，而非仅限于一隅一地，这也充分说明了大学自它诞生之日起就具备的世界主义；向学生提供高层次的学科教育，囊括神学、医学和法学这三大学科，这也使大学逐步与原来单一的神学院相区别；拥有多位不同学科的教师进行教学和研究。

现代意义上的现代化大学则发轫自1809年普鲁士著名教育家洪堡(Wilhelm Von Humboldt)所创办的柏林大学。洪堡在办学导向上为柏林大学确立了“研究型大学”的方针，上课采用独具特色的“讨论班”(Seminar)形式，充分发挥学生的自主创新能力和研究潜力。同时，学校也确立了奠基于“洪堡五原则”之上的学术独立和学术自由，

---

① 金耀基：《大学之理念》，三联书店2001年版，第1页。

② 海斯汀·拉斯达尔：《中世纪的欧洲大学——大学的起源》(第一卷)，崔延强、邓磊译，重庆大学出版社2011年版，第4页。

充分给予教师和学生在学术王国内的最大自由。在洪堡思想的导引下，柏林大学获得飞速发展，成为德意志境内首屈一指的综合型大学。同时，柏林大学的发展模式也传播至国外，对包括蔡元培在内的众多教育家产生极大影响。蔡元培主政北大时期秉持的“兼容并包”和“学术自由”理念就直接来源于洪堡的教育理念。

明了大学之来源，接下来便可探讨大学之“大”。

大学之“大”首先并非因其占地面积广阔，关键在于一所大学的发展必须与当地历史传承有机结合，方能奏出“管弦二重乐”般的动听效果。寰视全球，西方多所一流大学往往与所在城市宛若“嵌套”关系，你中有我、我中有你。大学以城市为基础，依托于城市；城市环绕大学，为其烘托。所谓“大学城”者，事实上已经很难分清到底哪是城市、哪是大学。英国的牛津、剑桥，德国的海德堡、弗赖堡、哥廷根便是许许多多“大学城”的典范，它们无一不是以坐落于其间的大学而闻名于世，而分散于城中各处的图书馆、著名学者故居和纪念碑则向来自世界各地的游客展示一座城市的悠久文化和厚重历史。城市以拥有一所世界著名大学自豪，而大学历史上的那些著名学者则成为城市历史文化的最好名片。牛顿(Isaac Newton)与剑桥、韦伯(Max Weber)与海德堡、康德(Immanuel Kant)与哥尼斯堡，两相配合、天衣无缝，大学、学者、城市，三者已然融为一体。

大学之“大”也与其名称是否响亮、建筑是否宏伟没有必然联系，核心在于是否拥有重量级学者乃至享誉世界的大学问家。唐朝韩愈《师说》所云：“传道、授业、解惑。”可以想见，一所大学如果没有一流的师资，如何为学生答疑解惑？更何谈授业传道？清华老校长梅贻琦先生早就提出“大学者，非有大楼之谓也，有大师之谓也”。时过境迁，令人遗憾的是，这一点也恰恰是目下中国大学不得不面对的一个尴尬事实。随着近年来各大学硕果仅存的一些高龄“90后”学者的相继离世，我们在追寻，我们在反问，大师在哪？

大学之“大”也不等于其内一定要囊括所有系科，重点在于一所大学要有对自身的明确定位。大学不是热带雨林，需处处体现生物的多样性和繁复性。一所大学应有其定位和特色发展路径，而不必东施效颦，更无需追求高、大、全。在世界一流大学中，麻省理工学院依旧重点发展“理工”以及以此为基础的交叉研究，而“学院”校名在国人看来未免显得“穷酸破落”，恨不得一天之内从学院升格为大学。似乎唯有如此，才能与其他学校平起平坐。再比如，加州理工学院、伦敦经济学院和巴黎高等师范学校仍旧保留它们的小而精特色。相比之下，国内又有多少大学仅仅几年之内就从一所地方性专科学校一跃成为面向全国招生的本科院校，众多学院摇身一变竟成为综合性大学。呜呼哀哉！

大学之“大”更不是以其人数、规模来衡量之，大学的本质是科学知识的创新者、人类文明的传播者，它的主要目的在于为一批来自世界各地愿意献身于此项崇高事业的学者们提供一个平台，交流思想，切磋学术，共同提升人类的知识水准和文明程度。正因如此，柏林大学主楼墙上挂着的画像才会是清一色包括爱因斯坦在内的诺贝尔奖获得者，而维也纳大学则将门格尔(Carl Menger)、维塞尔(Friedrich Freiherr Von Wieser)、庞巴维克(Eugen Bohm-Bawerk)和波普(Karl Raimund Popper)这些为大学赢得世界性声誉的著名学者半身像立于学校最显眼处。试想，当一位刚踏入大学校园的年轻人徜徉于这些画像前驻足凝思时，或许他也将在若干年后端列其中，而这本身就是对后世学子的最好激励和嘉勉，以先贤为伍，砥砺奋进。

回首历史，展望未来，经历了一个多世纪的风风雨雨，武汉大学将于明年迎来它的一百二十周年校庆(1893—2013)。回顾往昔，珍视现在。借如何理解大学之“大”以追继前贤，开拓未来，再造珞珈。

曾经的美国土豪

中国古代历史文献中早有“豪民”“豪绅”“豪人”等记载，一般泛指那些家资富足、田产雄厚，并有一定社会威望之人，所谓“大富霸一郡，中富霸一县，下富霸一乡一里”是也！如果再带点“豪气”或“爽劲”，那真是集资财、土地、名望三者于一身了。这样的人即便不能闻达于天下，少说也能在本乡本土成为风云人物。承平时期，兴办义庄、捐资助学、宗庙祭祀等重大活动都少不了他们的身影。一到乱世，小则自保门户，大则图谋天下，率众揭竿而起者也多有人在。汉魏之际的曹操、元末明初的沈万三乃至大家耳熟能详的西门庆都是中国古代“土豪”群体的最佳代言人。

然而，“土豪”在进入 20 世纪革命年代后却沦为不折不扣的贬义词。“打倒土豪劣绅”“打土豪、分田地”一时之间激荡神州，“土豪”被彻底打入另册，黄世仁、周扒皮、刘文彩等人物形象更是强化了人们对“土豪”的极度厌恶情绪。

沧海桑田、风云变幻，昔时还避之唯恐不及的“土豪”竟在 2013 年一夕之间成为与“十八届三中全会”并列的十大关键词之一。著名语文杂志《咬文嚼字》评出的 2013 年十大流行语中，“土豪”一词与“中国梦”“女汉子”等词汇一同入列，“与土豪做朋友”成为很多人内心的热切期待。

不仅国内大热，国外亦然。面对“土豪”旋风，时髦的西方媒体界快速因应，为其量身定制拼音式英文——“tuhao”(英文意译为“local tyrant”)，真可谓简单易懂、直接明了。就连向来严肃的《外交政策》也难免跟风，该杂志根据1993年《比弗利山人》(又译《豪门新人类》)这部讲述居住于比弗利山庄内好莱坞明星和富翁的美国电影将“土豪”释为“China’s Beverly Hillbillies”。以最具美国特色的方式告诉读者什么是“土豪”。虽不无揶揄之意，但也贴近美国民情，只不过《外交政策》的编辑似乎并未做足功课，一面惊呼中国“土豪”来势凶猛的同时却用筛网将本国历史上的各色“土豪”一一过滤。“土豪”难道又仅是中国所独有？

答案无疑是否定的。事实上，从19世纪初至世纪之交进步时代的这一百年堪称美国“土豪”黄金时代。与当下中国“土豪”相比，虽时隔一个多世纪，但中美两国“土豪”之间却也有着颇多类似之处，只不过当年的美国“土豪”在其后社会发展进程中已经完成从“土豪”到“有闲阶层”的华丽转身。在美国“土豪”的演进史中，最先成为“暴发户”的是那些19世纪头二十年得风气之先的纺织厂主们，他们的成功很大程度上则是得益于工业革命的垂青。大洋彼岸的英国已于18世纪末完成工业革命，包括蒸汽机在内的各类新式技术通过多种渠道传入北美大陆，推动着原先的家庭式小作坊逐步迈向现代化大工厂。纺织业成为时代“弄潮儿”，成就了一批人的“发财梦”，他们也成为美国步入工业时代的“先驱者”，洛维尔(Francis Cabot Lowell)就是其中最为杰出的一位。此人于1814年建立“波士顿制造公司”，该公司也是美国首家采用在同一厂房内不同机器上进行纺纱和织布这一新型工厂设计模式的企业，洛维尔凭此捷足先登引领美国纺织业新潮流，成为纺织“新贵”。

稍后于纺织“新贵”而登上历史舞台的则是伴随铁路兴建而来的一些不论财力还是影响力也都远远超过洛维尔的铁路公司老板。虽然美国早期铁路建设并不顺利，第一辆完全美国造的机车“查尔斯顿挚友号”于1831年在拉动车厢后发动机竟然爆炸，各公司铺设的铁轨也不统一，这大大妨碍了人员快速往来和货物流通。南北内战后，美国经济加速整合，修建全国铁路网已成大势所趋，第一条横贯大陆的铁路线于1869年完成，而另三条联结太平洋沿岸与美国东半部的铁路线也于其后十五年内相继竣工，广袤的北美大陆通过铁路连成一体。在此过程中，铁路公司不仅积极发展相关延伸产业，而且还利用国会立法中每铺设一英里轨道提供十平方英里的公共土地这一条款大肆圈占土地，成为不折不扣的铁路“土豪”——它所代表的已不单单是个人，而是铁路公司作为一个整体呈现在世人面前的“公司式土豪”。公司之间更是通过联营、合并、重组等手段进一步降低成本、提高运力，组成更大规模的铁路集团，某种程度上已初具19世纪末美国巨型垄断公司雏形。

如果说铁路公司还仅仅是日后大公司的雏形话，那么，卡内基(Andrew Carnegie)领导下的“钢铁王国”和洛克菲勒(John D. Rockefeller)的“标准石油公司”才是第二次工业革命后美国逐步崛起为世界经济强国时诞生的真正“巨无霸”，卡内基和洛克菲勒两人拥有的财富总值及其影响力不仅在美国国内冠绝各领域，而且越出一国范围，成为世界级“土豪”。就拿卡内基来说，此公创建的钢铁公司到19世纪末、20世纪初已经成为美国和全球最大的钢铁企业，拥有两万多名雇员和最先进的设备，年收益达四千万美元，而它一年产量就超过美国其他所有钢铁公司的产量之和。相比于卡内基，洛克菲勒有过之而无不及，他于1870年创建标准石油公司，旗下约有四十家石油精炼厂，约占美国精炼能力的90%，成为美国国内首屈一指的巨型石油托拉斯，洛克菲勒也是全世界首位亿万富翁。

“土豪”在人们印象中不仅是有钱、有势的化身，更具冲击力的其实还是他们的“做派”——大到人生信条、处事原则，小到日常行为和生活习惯也都会青史留名，成为现今不少成功学畅销书吸引眼球的“噱头”所在。上述卡内基和洛克菲勒两人的做派不仅值得玩味，而且也在当时的美国非常具有代表性，背后其实潜藏着深刻的社会意识元素在内。

南北战争后的美国风起云涌，整个社会正历经着从农业社会向工业社会的急速转型，传统价值观遭受前所未有的冲击，以达尔文(Charles Robert Darwin)生物进化论为基础的社会达尔文主义这一欧式舶来品同样也在美国大获人心。一时间，原本用来解释生物进化的适者生存成为主宰美国社会的评判准则，人们普遍信奉成功失败与政府、社会并无多大关联，最终结果只能说明个人能力大小和对社会适应能力的强弱，市场能够决定一切，而政府则被认为可有可无。可以想见，彼时的美国社会弱肉强食、充斥着丛林法则下的残酷和冷漠，贫富差距拉大、一半人在享受竞争带来的财富与荣耀时，另一半人却陷入困顿之中。

以卡内基和洛克菲勒为首的美国“土豪”们身处社会大环境下也很难“出淤泥而不染”。事实上，卡内基就是一个典型的社会达尔文主义者，他与英国著名哲学家、社会达尔文主义集大成者斯宾塞(Herbert Spencer)关系要好，两人曾结伴旅行，而卡内基也借此机会向这位哲学家表达倾慕之情，“我是他的一位信徒”。洛克菲勒在自传中一再强调遵从所谓“自然法则”的重要性，而这就需要对自身能力有着清醒认识，否则将会在商海中被无情淘汰。

面对这些美国历史上从未有过的“土豪”，社会各界褒贬不一。作为社会达尔文主义在美国的主要传播者，耶鲁大学社会学教授萨姆纳(James Batcheller Sumner)为他们所取得的成就高唱赞歌，而其代表性著作《民俗论》中最为核心的观点就是“社会的不平等是自然状态和文明发展的必要条件；财产和社会地位的竞争导致有益结果”，萨姆纳甚至认为消灭不适应者有益于种族繁衍和社会繁荣。与之类似，美国政府面对这些“土豪”的态度则是暧昧中透着默许，不愿也没有能力对其进行监管。

19 世纪下半叶在美国兴起的批判现实主义文学对于现状的观感则要锐利得多。豪威尔斯(William Dean Howells)、詹姆斯(Henry James)和马克·吐温(Mark Twain)这三位作家将他们的所见所闻化作一把锋利手术刀直接用于解剖在他们看来已呈病态的美国社会。如果套用同一时期英国著名作家狄更斯(Charles John Huffam Dickens)经典名著《双城记》开篇中的历史解题来形容此时的美国倒也非常贴切——“那是最美好的时代，那是最糟糕的时代”。相比之下，20 世纪初“黑幕揭发”运动中涌现的一批记者也是火力全开。他们秉持社会公义，基于道德良心，不放过任何一个细节以揭露“土豪”们外表光鲜下的不堪与丑陋。如塔贝尔(Ida Tarbell)用五年时间对洛克菲勒崛起做了详尽调查后所写的《标准石油公司史》，冷静、客观、清晰地再现了垄断集团在商业运行中的诸多违法行为。贝克(Ray Stannard Baker)发表的《工作权》一文揭发了科罗拉多煤矿罢工事件，披露了资本家对劳工的残酷剥削，描绘了劳工的艰苦生活。

面对如此猛烈批评，卡内基、洛克菲勒等美国“土豪”们虽然也受到不同程度影响，但他们所创建的公司在此后一百多年中历经“大萧条”“二战”以及战后世界经济格局重组却并未一蹶不振，直至今日仍是美国和世界知名品牌，这其中奥秘何在?

不得不说，美国“土豪”之所以能够永葆青春和活力，很大程度上源自于美国政府的监管和自身转型。前者主要是指 1901 年继任美国总统的罗斯福(Theodore Roosevelt，俗称“老罗斯福”)在其任内运用法律、经济等手段展开一系列针对大公司的反制行动，调整国家—企业—个人三者之间的利益关系，充分保障市场的健康、有序运转。从罗斯福开始，美国政府也从“有限政府”向“有为政府”转变，逐步树立起政府作为公共服务提供者的角色意识。

至于后者——“土豪”们的自我转型则与他们对待财富的态度有

关。不论是卡内基还是洛克菲勒，财富之于他们并非目的，而只是工具和手段——通过赚取财富而体现个人勤勉、智慧和对机遇的把握能力，其幕后隐藏着德国著名社会学家韦伯所说的“新教伦理”——个人凭借工作中的努力奋斗和生活上的简约质朴将会赢得上帝信任而成为选民。在这一宗教信仰熏陶下，卡内基说出“一个有钱人如果到死还是很有钱，那就是一件可耻的事情”并非一时心血来潮，而是从信仰出发探求财富最终归宿的必然选择。当美国“土豪”们年老体衰、退居二线后，他们所要考虑的不再是如何继续积累财富，而是怎样才能做到“散财有道”，最好的方式莫过于慈善。聘用专职经营团队精心运作、根据社会需求和人类未来发展趋势制订科学而合理的资助计划，卡内基基金会和洛克菲勒基金会已经成为全球大学、医院和有关科研项目的有力支持者，卡内基—梅隆大学、北京协和医院和“二战”时期营救众多德国犹太流亡科学家都是这两家基金会的不朽“杰作”。时至今日，由卡内基和洛克菲勒所开创的这一慈善传统已经成为美国“土豪”们处理财富的普遍方式。

金钱既可以使一个人降格、堕落，也能用来帮助别人、改良社会、增进人类共同福祉，到底如何选择，主要取决于拥有者的个人信仰和财富理念，美国“土豪”们的经历或可作为当下中国“土豪”寻求蜕变、摆脱焦虑的有益借鉴。

德意志现代化进程中的《非常法》透析

——从2015年高考新课标全国卷Ⅱ第48题说开去

由于多方因素所限，身处高中教学一线的绝大多数历史教师(尤其是“县中”和位于“建制镇”政府所在地的高中)与以大学和各级社科院为主的史学教研人员之间不论是在知识更新，还是对于某个问题的深入认识和理解上都存在不小差距，只有如扬州中学特级历史教师王雄这样的个例能在某种程度上从学科发展的长程视角入手，针对高中历史进行研究性教学，并取得一定成效。与之相应的是，在这些高中就读的学生即便喜欢阅读、勤学思考，基于目前城乡教育资源分配不均、农村公共服务产品的稀少和升学压力的巨大，他们确实也很难有机会补足绝非历史一科仅然，而是文科学生迫切所需的课外阅读。

师资薄弱加之学习条件的付之阙如一方面使高中文科教育沦为纯粹的“死记硬背”式机械应试，教师与学生之间本该有的双向互动过程化为一句简单的“要多背”，缺乏必要的人文修养训练，学生的热情和兴趣也在随后两年文科班的学习中逐渐递减；另一方面也使大部分农村学生一般在高一下学期期末文理分科时主动选择较为实用的理科，即便是在选报了文科的同学中也有相当比例是因为实在畏惧理化课程，而文综考试不管怎样至少也能“瞎编乱造”一番，写满试卷。正因为此，近年来高考文综历史试题所显示的多元散发性及其对学生课外知识面、综合分析能力的高要求对于广大师生来说都不啻为一种新形势下的巨大挑战。那么，如何解决这一难题？

本文试以今年高考新课标全国Ⅱ文综卷中的一道历史材料题作为引子，对材料本身所涉及的历史背景详加阐释之外，也试着提出若干修正意见以供各方参考，望能抛砖引玉！

原题材料和设问如下：

48.（15分）中外历史人物评说

材料　19世纪70年代，德国统一后，资本主义经济迅速发展，一系列社会问题也随之出现。工业生产中的伤亡事故频繁，工人生活与健康状况不断恶化。与此同时，工人阶级的力量迅速壮大，工人运动日益高涨。1878年，俾斯麦政府强迫帝国议会通过了《非常法》，对深受工人拥护的社会民主党进行严厉镇压。在《非常法》实行的12年里，许多社会民主党党员被监禁和驱逐，大量拥护社会民主党的工人被解雇，大批报刊、出版物及工人组织被查禁或取缔。

俾斯麦政府也通过立法为工人提供社会保障。自1883年起，俾斯麦政府相继颁布了《疾病保险法》《事故保险法》《老年人与伤残者保险法》，为工人及其家属、工伤者提供医疗保障，同时也为老年人及伤残者提供养老金和津贴。

——摘编自孙炳辉、郑寅达《德国史纲》

（1）根据材料并结合所学知识，概括俾斯麦政府颁布《非常法》的历史背景。（6分）

（2）根据材料并结合所学知识，指出俾斯麦对工人运动采取的基本政策加以评析。（9分）

综合来看，这是一道以俾斯麦（Otto Eduard Leopold Von

Bismarck)任内施政为主轴的材料分析题，引文来自由中联部当代世界中心研究员孙炳辉和华东师范大学历史系教授、中国德国史研究会副会长、资深德国史专家郑寅达合作编著的《德国史纲》一书(华东师范大学出版社 1995 年版)，行文明白晓畅、语意清晰，并不难理解，这也体现了命题者希望各位考生在考试环境下都能够有所发挥，而非不知该从何下笔的良苦用心。

细读材料后可知：此处的两段话在时段上聚焦于俾斯麦这位在世界近代历史上赫赫有名的政治家和战略家。当然，就国别而言，这道题通过《非常法》来考察其背后所反映的 1871 年统一后的德意志第二帝国内的社会状况、经济发展和政治情势，属于较为纯粹的德国史范畴，可谓以小见大，也显示高考文综历史题对学生逻辑思维能力的关注和重视，对于教师的平时教学也是一个方向性导引。笔者也尝试以《非常法》作为线索，深入探究彼时德国国内所面临的各方严峻考验，这也是充分理解《非常法》所需和课本叙述中较为薄弱之处。

众所周知，1871 年成立的德意志第二帝国某种程度上实为俾斯麦国际政治平衡的产物，而且带有他个人极为鲜明的性格印记。对外，俾斯麦为了最大限度降低俄、法等周边国家对统一后一个强大德国的疑虑，他将奥地利排除在外，推行以普鲁士为“领头羊”完成统一大业的“小德意志方案”。俾斯麦的弹性妥协政策不仅为普鲁士统一德国创造了较为和缓的国际环境，而且也使 19 世纪下半叶的德国经济发展成为可能。得益于第二次科技革命和广阔市场，统一后的德国经济更是呈现跳跃式发展，渐次由农业社会向工业社会转型，也在实现着此前英国早已完成的现代化进程。

正如有学者所指出的那样，现代化堪称世界近代历史发展的一条主线。先是英国，其后在美、法两国发生的现代化“往往是指在科学技术进步的推动下，在以工业化为先导和前提的基础上，发生在社会各个不同层面上的历史变迁过程”，它既包含生产力水平的巨大提升、经济快速发展、全社会物质财富的积累，又有社会结构、生产方式和价值观念的跃迁。

相比于英、美、法这三个国家，德国无疑是现代化的“后来者”或者说是“后发国家”，它的经济成就已经表明“后来者”也有“后发优势”，但《非常法》却是其现代化进程中经济与政治脱节所导致的“恶果”，新成立的第二帝国保留了相当浓厚的普鲁士专制残余。与英国类似，德国同样也是君主立宪制，但德皇是货真价实的掌权者，军队效忠和直属于他，内阁首相由其任命而非选举产生，最应该有实权的议会却沦为仅具象征意义的“图章”。因此，这一时期的德国政治只是在接续普鲁士专制统治的基础上涂抹了一层立宪的外衣而已，徒有形式而没有实质内容。

然而，现代化进程一旦启动就无法停滞。随着经济发展，德国工人阶级的数量明显增加，劳资矛盾日益尖锐，以工人为基础的德国社会民主党所领导下的工人运动也在如火如荼地展开，这对执政的俾斯麦政府来说显然是一个警示。如何应对风起云涌的工人运动和其他社会问题，出身容克阶层的俾斯麦祭出了“萝卜加大棒”的软硬兼施政策，后者即以《非常法》为代表，前者就是主要针对工人的社会立法。

以 1878 年发生的两次谋杀德皇事件为借口，俾斯麦敦促联邦议会解散帝国议会，而后操纵在后者中新选出的占优势的保守力量于 10 月 19 日通过了由联邦议会提出的《反对社会民主党企图危害治安的法令》(也即《非常法》)，法令共计十条，两天后生效，直至 1890 年。根据法令规定：应一律禁止社会民主主义者、社会主义者、共产主义者和旨在推翻现存政府和社会秩序的组织的活动；违反这一禁令的团体将被处以巨额罚金或施以重刑；警察当局有权禁止违法者的逗留和撤销出版商、书商、店主的营业执照；对由于社会民主党的活动而使治安受到威胁，各邦有权实行至少一年的戒严。在《非常法》实施期间，全德陷入一片恐怖之中。至 1879 年上半年，政府共发出了六百二十七项禁令；有二百一十七个协会、五个互助会、一百二十七种期刊和二百七十八种不定期刊物被禁止。共有一千三百多种社会主义刊物被禁止，三百三十二个工人组织被解散；九百多人被放逐，还有一千五多人被判处监禁或服劳役，整个德国处于警察统治的笼罩之下。

1881 年 11 月 17 日，俾斯麦向帝国议会宣读了德皇诏书，宣布国家准备实行社会保障制度。在其后数年间，此类立法在议会中纷纷获得通过，并付诸实施，主要有《疾病保险法》(1883 年 6 月)、《意外事故保险法》(1884 年 7 月)、《老年和残障保险法》(1889 年 6 月)。1910 年，德国政府将当时所实行的各项保险法汇编成帝国保险法典，于 1911 年 7 月 19 日通过，除总则外，分类条目多达一千八百零五款。

俾斯麦之所以在《非常法》之外不忘工人疾苦，推动社会保障制度在德国的建立，一方面是政府经济保护主义和维护国家安全的考量，另一方面——也最为主要——就是打击社会民主党，拉拢工人，软化工人的斗争意志，巩固统治，维护社会稳定局面(虽然这是一种强人高压管控下的平静)。俾斯麦的做法也使德国在社会保障制度方面走在了世界前列，而国家对经济生活的干预和个人生活的扶持、帮助不仅形成“有组织的资本主义”，而且也被后世国家所沿用，其影响不可小觑!

有如前述，现行高考文综历史题的要求已经迫使我们必须思考以下三个方面的问题。

其一，高中历史教师进修的极端重要性。在这方面，国家教育部和各省教育厅应出台相关政策，对于那些已经完成两轮以上高中教学的一线教师，可与省内大学历史院系合作在暑期开办高中历史教师研修班。除聘请各领域专家前来授课，灌输新知外，更为重要的还在于能够使这些高中教师在暑期至少有一个月的时间在大学校园环境下静心读书，了解学界动态。

其二，学校图书馆和历史教研组内部资料室建设的必要性。教师进修的名额和机会毕竟有限，关键还是在于中学领导班子基于文科科目的性质在现有条件下能够加快图书馆和历史教研组内部资料室的建设。唯有如此，才能从根本上解决教师想读书却没书可读的窘境，而资料室内的藏书、期刊则为教师课余学习和开展教研活动创造了条件，有利于形成教师内部的良性竞争机制和学习氛围。

其三，网络资源的利用。借助于互联网技术的发展，越来越多的学习资源都可通过网络一索即得。因此，熟悉并熟练运用史学类专题网络资源对于新时代的高中历史教师就显得非常重要。在此，笔者介绍几种与世界史有关的主要公共网站：万维网虚拟图书馆（http：//vlib. iue. it/history/index. html），最佳历史网（http：//www. besthistorysites. net），美国史、英国史研究指南网（http：//www. libraries. rutgers. edu/rul/rr _ gateway/research _ guides/history/history. shtml），世界史档案网（http：//www. hartford-hwp. com/archives），国际性世界历史工程网（http：//history-world. org）。此外，北京大学历史学系、复旦大学历史学系、武汉大学历史学院和中山大学历史学系等国内高校历史系(院)的各自网站中也都含有非常丰富的学习资料，尤其是北京大学历史学系网站，高中历史教师也应加以充分利用。

人的发现与人的觉醒

——皮科·米朗多拉演讲辞《论人的尊严》释义

论及西方文明，今人多以“两希”(古希腊和希伯来)概括其发轫之源头，而述近代历史，学者喜用三个大写英文字母 R 来综括西方自十五十六世纪大航海时代以来的历史跃迁和演进：分别是文艺复兴(Renaissance)、宗教改革(Reformation)和理性主义(Rationalism)。当然，历史发展本身具有的复杂性和多维性本不该以如此简单的线性图式来呈现，其实际进程往往是以重叠与被重叠的形式铺展，而非取代与被取代的简单对立。虽然在后现代主义大潮的影响和冲击下，历史话语中的元叙述越来越受到人们的质疑。学者不再执着于之前那种大而全的宏观叙事，而是放下身段、进行对历史多面相和多层次的研究。

即便如此，三大运动在西方近代历史递推过程中所起的重要作用仍不容忽视。尤其是导源于意大利的这场文艺复兴运动更是为人类开启了近代之门，它高擎的“人文主义”大旗不仅鼓舞当时，也同样激励后世人类追求曙光、奔向光明。无怪乎女史家陈衡哲在《西洋史》一书中发出这样的赞叹：“(文艺复兴)这是中古与近世分界的一个重要的关键；他是欧洲人民对于人生观的一个大变迁。”

正因为文艺复兴在西方历史上所具有的独特地位，民国学人蒋百里在撰写《欧洲文艺复兴史》时也才有“以近世之文化言，则各种事业皆以文艺复兴为其发祥地”之语。相比于蒋百里更早研究文艺复兴的瑞士著名历史学家布克哈特(Jacob Burckhardt)所写的《意大利文艺复兴时期的文化》一书则是文艺复兴这一研究领域具有里程碑性的著作，可谓具有永恒的学术价值。著名历史学家齐思和先生在为该书中译本所写序言中也认为：“《意大利文艺复兴时期的文化》一书是资产阶级历史学中关于这个重大的文化革命运动最重要的著作。”虽然布克哈特此书初版迄今已有一个多世纪，齐先生的评价也过去三十多年，但《意大利文艺复兴时期的文化》一书仍然是后人在了解和研究文艺复兴这段历史时的必读著作和重要参考书目。

全书紧扣“人的发现”与“人的觉醒”这两大主题。第一篇介绍文艺复兴时期意大利的政治状况，权作时代背景。第五篇和第六篇介绍意大利城市市民生活并附带提及文艺复兴的阴暗面，剩下三篇则是全书中心所在。布克哈特于此三篇中逐级提出中心论点。在第二篇中，布克哈特认为个人主义是文艺复兴的基础和灵魂，而且也是文艺复兴在各个方面取得重大成就的思想土壤。接下来的第三篇，布克哈特进一步分析文艺复兴是由于希腊罗马古学的复兴(或曰再生)这一传统说法并不准确，真正的助推动力来自于意大利人自身的创造天才和希腊罗马古学的两相结合，而意大利人的创造天才是其中的主要诱因。换言之，若没有意大利人以个人主义为基础的创造天才，希腊罗马古学也难以重焕光芒，两者关系并非对半，而是存在轻重主次之分。继之在第四篇中，布克哈特进而提出文艺复兴中的意大利人在粉碎中世纪的精神枷锁后，不仅重新发现自己，摆脱基督教神学对个人的束缚和压制，还发现了世界。

我们从中不难发现布克哈特全书的内在逻辑理路。

首先，个人主义冲破中世纪神学教条的框定，重新塑造人之为人的精神世界和价值信仰。在人文主义者看来，人不再是徒具物质意义的骨架和空壳，没有灵魂，毫无思想。相反，“人成了精神的个体”。当具备这种精神特质的个人与当时一切文化因素相交融后，方成就了人类历史上的“全才”（或曰“多才多艺的人”）式人物。它“引导个人以一切形式和在一切条件下对自己做最热诚的和最彻底的研究”。达·芬奇（Leonardo Di Serpiero Da Vinci）、米开朗基罗（Michelangelo di Lodovico Buonarroti Simoni）和拉斐尔（Raffaello Santi）即是其中的杰出代表。

其次，以个人主义为基础，意大利人利用其丰厚的历史文化和古学遗产上溯至希腊罗马古典文化，从而不仅在智识上充实和完善自身，同时也绕过中世纪天主教教会的权威解释体系而能亲自探询和研究古典文化，古典文化的丰满、美感与和谐无一不让意大利人钦羡折服，既然古代世界的人们都能创造如此绚烂夺目的文化，现代人又何以对自己妄自菲薄、自甘堕落呢？对古典文化的发现和研究使意大利人更加坚信人绝不是一无是处的卑贱仆役，只能匍匐于神明脚下。相反，人有自己的主见、能够独立思考、有创造力，人是能够不断向前发展和取得进步的，其自身有着无穷无尽的潜力。与其终生屈降于彼岸的缥缈世界，不如用尽全身气力书写自己在此岸现世的辉煌人生。由此，意大利人率先冲破了横亘于个人内心自省面前的一层纱幕，重新发现个人价值，确立人的主体地位，成为布克哈特心目中欧洲的“长子”。

再者，成熟后的意大利人却并不满足仅仅停留于对自身的发现，他们把目光投向广阔的世界和宇宙。所谓“人的发现”之外，意大利人还发现了尚处于分裂隔绝状态下的世界。自此以后，人的活动不再仅局限于一城一隅，而是放眼世界、环顾全球，人类逐步从孤立状态下的分散发展走向整体和联合。一部真正意义的世界史逐渐形成。可以说，这些都是意大利人的丰功伟业，

明白布克哈特用意后再回过头来看米朗多拉《论人的尊严》（*The Oration on the Dignity of Man*）这篇演讲辞，顿觉清朗。布克哈特之所

以要在第四篇选用这篇演讲辞，无非是讲辞内容与全书主旨恰相吻合，能够成为主题的有力佐证，他称赞“这篇演说是可以公平地被称为那个伟大时代的最高贵遗产之一”。

皮科·米朗多拉(Giovanni Pico della Mirandola)被认为是马西里奥·菲奇诺(Marsilio Ficino)之后意大利文艺复兴时期最为著名的哲学家和人文主义者，《论人的尊严》虽是一篇演讲辞，但却在思想高度上超越同时代任何哲学文献，被誉为文艺复兴的“人文主义宣言”。

在这篇简短的演讲辞中，米朗多拉热情洋溢地宣告：人是世间的奇迹与宇宙的精华；人的命运完全掌握在自己手中，不受任何外在之物的制约。“上帝不把人限制在固定的地方，不规定劳动形式，不用铁的必然的法则来加以束缚，而给他以意志和行动的自由”，“你可以堕落成为野兽，也可以再生如神明……只有你能够靠着你自己的自由意志来生长和发展。你身上带有一个宇宙生命的萌芽”。用康德的话说，“自由(不受他人意志的束缚)——就其依据普遍的法律而与别人的自由可以共存而言——乃是属于每一个人之所以为人的唯一的原始权利”。

米朗多拉在此试图告诉人们：人是有尊严的，并且蕴藏无限潜能，没有任何外在力量可以施加束缚于人类，自由是人类的神圣权利，“要有勇气运用你自己的理智”！同时，人拥有理性、具备自由意志与高贵品质，人通过自身努力不仅可以超越万物，而且可以进入神的境界，与上帝融为一体，成为“万物尺度”。

与其他人文主义者一样，米朗多拉也并未否定上帝的存在与宗教的作用。但具有划时代意义的是，与中世纪世界观形成鲜明对照，人文主义者肯定了人在宇宙的中心地位以及现世人生的美好和意义，人能够创造属于他的壮丽图景。以米朗多拉为代表的人文主义者在人神关系的处理上一改中世纪人在神面前的极度卑微地位，主张人神之间可以通过艺术等形式展开对话，这种“人神对话”的观点无疑进一步肯定了人在神面前所具有的价值和地位。某种程度上，米朗多拉的人文主义宣言拉开了西方近代文明的序幕，大写的“人”逐渐成型。半个多世纪后，英国大文豪莎士比亚(William Shakespeare)借哈姆雷特之口也喊出了与米朗多拉类似的话：“人是一件多么了不得的杰作！多么高贵的理性！多么伟大的力量！多么优美的仪表！多么文雅的举动！在行为上多么像一个天使！在智慧上多么像一个天神！宇宙的精华！万物的灵长！”

文艺复兴是一个巨人辈出的年代，米朗多拉和莎士比亚对人的赞颂无疑是巨人时代的最强音！

在理想与现实之间

——威尔逊“十四点”计划简评

一年一度的高考终于落下帷幕，在广大考生和家长翘首以待成绩公布之时，对于一线高中教师和全社会关心高考、关注中国教育的广大专家、学者来说，有必要让自己冷静下来，或是对过去一年来与学生一同度过的高三奋战历程有所省思，或是从实践和学理两个层面入手，继续探寻改革之道，从而使现行高考制度更臻完善。不论教师还是研究者，已成历史的2016年度高考试卷既是针对高中各科教学过往的总结和凝练，也是指导未来一段时间内高中教学的一份纲领性文献。因此，有必要对其进行解剖麻雀式的深入探究。

笔者作为一名曾有过两年高中历史教学经历的“逃兵”（2009—2011年期间任教于江西省婺源县天佑中学，后前往母校武汉大学继续攻读世界史博士学位），也在大致浏览今年三套全国高考文综卷历史科题目之后，以全国卷Ⅲ中的一道材料分析题为引，略抒感想，抛砖引玉，就教于各路方家。

先来看原题所给的材料和有关设问：

47.［历史——选修3：20世纪的战争与和平］（15分）

材料　1918年1月，美国总统威尔逊在国会演说中提出了“十四点”计划。其主要内容包括：公开外交、订立和平条约、公海航行自由、贸易平等、民族自决、裁减军费、公正处理殖民地争议、建立国际联盟等。《泰晤士报》评论其“似乎没有考虑到形势的某些严峻现实”。尽管交战双方接受“十四点”为停战基础，但是实力依然强大的殖民大国英法只是口头赞同。“十四点”计划的实施严重受阻。

——摘编自杨生茂《美国外交政策史 1775—1989》

(1)根据材料并结合所学知识，概括威尔逊提出“十四点”计划的背景。(8 分)

(2)根据材料并结合所学知识，说明威尔逊“十四点”计划严重受阻的原因。(7 分)

通读过后，不难发现此题将在美国历史和世界近代历史这一双重枢轴中都有着浓墨重彩一笔的威尔逊(Thomas Woodrow Wilson)“十四点”计划(亦称“十四点”原则，本文以下简称计划)作为考察内容。题干材料则取自由已故著名历史学家、中国美国史研究奠基人、南开大学历史学院教授杨生茂先生(1917—2010)主编，王纬(现为聊城大学太平洋岛国研究中心首席专家)、任东来(1961—2013，生前为南京大学中美文化研究中心教授)和徐国琦(现为香港大学历史系教授)等多位杨门高徒实际参与写作，并由人民出版社资深编辑邓蜀生先生(同时也是一位有着深厚学养的美国史研究者)担任责任编辑而于 1991 年出版的《美国外交政策史 1775—1989》这一“巨著”，全书正文十五章，外加四篇书末附录，共计五十一万九千多字。

虽然已经是一部近三十年前的作品，但此书目前仍然是国内学者有关美国外交政策史最为权威的著述，真可谓名家和名著的珠联璧合。所摘录的这段文字平实通顺，既阐明了计划的主要内容，也简明点出了计划未能考虑到“形势的某些严峻现实”，使学生能够在只需基本理解字面意思后即能择要作答，避免了因课外知识不足而无法“下手”的尴尬，这也反映了命题者在课本知识点和学术研究已有成果两者之间求得平衡的良苦用心。仅此而言，就应该为他们的付出点赞。当然，在平日教学和考后试题讲解的过程中，教师肯定不能仅从答题技巧的角度“侥幸”蒙混，务必能够围绕计划讲出个一二三来，从而使学生对问题能有一个完整而全面的了解，笔者也将试着从以下几个方面切入。

一、生平和主要政治观点

威尔逊为何会提出计划？对此问题的解释从不同角度可找到多种原因，本文大致从其生平和他的主要政治观点(也可以说是政治光谱)着手，笔者认为一个人的政治性向绝非空穴来风、一时兴起，必有其渊源和基础可寻。

威尔逊于1856年出生于美国南部弗吉尼亚州的一个牧师家庭，1875年进入普林斯顿大学学习。在普林斯顿大学的几年间，威尔逊即显示其对政治的浓厚兴趣，尤擅辩论。1879年毕业后前往弗吉尼亚大学法学院学习法律，但其习法并非就法论法，而是为将来从政做好准备。1883年，再次转往霍普金斯大学攻读政治学和历史学，并最终在二十九岁时攻下哲学博士学位，论文为《国会政体：美国政治研究》(*Congressional Government: A Study in American Politics*)。1902年出掌普林斯顿大学校长，1910年正式步入政界，成为新泽西州州长，1912年代表共和党参与大选，击败塔夫脱(William Howard Taft)和罗斯福，成为美国历史上第二十八任总统，1916年连任成功，且于1919年获颁诺贝尔和平奖，也是美国历史上唯一一位拥有哲学博士头衔的总统。

相比于塔夫脱和罗斯福等传统共和党政客，威尔逊学者出身，专长于政治学，又当过州长，且时值世纪之交的进步主义改革时代，从政风格较之此前领导人有着很大不同，充满时代特色所赋予他的对民主、进步等理念的坚守和信仰、极富基于美国实力前提的理想主义色彩。在他看来，美国之所以选择参加“一战”，除了德国人的“无限制潜艇战”已经严重损害其商业利益之外，更为重要的还是在借助于介入欧战而达到以美国的原则来改造世界秩序的雄心抱负，从而实现美国领导下的持久和平，这也能使欧洲未来避免再次爆发战争而伤及美国。换言之，美国掺和欧洲之事不是简单的出于朋友义气，而是为了改造旧秩序。以此为基础，计划服务于美国的整体大战略。

二、计划的提出及其内容

1918 年 1 月 8 日，威尔逊在国会提出计划的总统咨文，为扩大影响，一共印制了六千万本小册子，不仅在当时的欧洲各国，也在中国成为畅销品，威尔逊本人更是被广大民众视为救世主，《纽约论坛报》将计划誉为“继半个世纪前林肯的解放宣言发表的第二个解放宣言”。1918 年 10 月，著名记者沃尔特·李普曼(Walter Lippmann)和时任《世界报》主编的弗兰克·科布(Frank I. Cobb)共同负责起草了官方对计划的解释，这也是对计划最为透彻的说明。

总体而论，计划共含十四条，第一条至第五条集中反映了美国的扩张要求，第六条至第十三条则涉及有关国家的领土和民族问题，最后一条则提出了建立国联这一国际性组织的设想，其文本表述简要如下：

> 公开的和平条约要公开缔结，在达成之后就不应有任何种类的秘密国际谅解，而外交活动应该永远开诚布公地进行；无论平时还是战时，在领海以外，必须保持公海航行的绝对自由；尽可能撤出所有经济壁垒，在一切赞成和平和维护和平而彼此联合起来的国家间确立平等的贸易条件；务使各国军备缩减至

为维护国内安全的最低限度；在决定所有关于主权的问题时，有关殖民地居民的利益同有权决定的政府的正当要求必须有同等重要性；必须从被占据的全部俄国领土一律撤离外国军队；必须从比利时撤军，并恢复其国家，对比利时的主权不得加以任何限制；法国的全部领土应获得自由，被侵占部分应当归还；应根据明确的民族界线实行对意大利边界的重新调整；我们希望看到奥匈帝国统治下的各民族在国际的地位受到维护和保障，其人民应有最充分的自由以得到自治的发展；必须从罗马尼亚、塞尔维亚、门的内哥罗(即今天的黑山共和国)撤退军队；应确保目前奥斯曼帝国的土耳其部分拥有可靠的主权；必须成立一个独立的波兰国家；应在特定盟约指导下成立一个普遍性的国际联合机构。

三、成也计划，败也计划

正所谓“成也萧何，败也萧何”！威尔逊因其所提出的计划而留名后世，但也同出此因，面对美国国内政治的波云诡谲而最终吞下失败“苦果”！如此完美的一份计划为何会遭遇失败，笔者认为有以下几方面原因值得深思：

其一，以英国首相劳合·乔治(David Lloyd George)和法国总理克里蒙梭(Georges Clemenceau)为代表的欧洲政治家仍然习惯于以往的国际关系原则，自身“老奸巨猾”之外更有来自民族主义膨胀之后的复仇心理作祟(如法国试图借机将德国彻底“打趴”)，对于威尔逊的美国式理想则嗤之以鼻，打心眼里就极度不认同。

有别于威尔逊，欧洲大陆政治家长期浸淫于以威斯特伐利亚体系为基础的国家交往模式，但问题在于，“威斯特伐利亚体系下的国际政治实际上是一种强权政治”，即“强者能够做他有权力做的一切，弱者只能接受他们必须接受的一切”。也因此，他们所信奉的就是“Power”而不是“Right”，认为国际安全必须得仰赖于各国之间实力的均势(Balance of Power)，目的在于防止任何一个国家拥有独霸的能力，以免威胁其他国家的安全，因此也就需要相互之间的制衡。

威尔逊则是以不同于欧洲旧外交的理想主义方式来使用美国力量，且从道德和原则的角度来看待问题，而非单纯利益，以“力量共同体”(Community of Power)代替“力量均衡”(Balance of Power)。坚信国际秩序应该建立在自由主义原则基础之上，而不是建立在国家自私的利益和均势基础之上，包括集体安全、自由贸易和民主政府等内容，而美国外交路线也应该是国际主义的——即积极参与国际事务，并在其中充当领导角色。

综上所述，虽同为盟国，但威尔逊的蓝图与劳合·乔治、克里蒙梭所追求的目标迥然有异，或者说是与欧洲人所习惯的那一套传统做法简直南辕北辙，其失败命运从一开始即可预见。

其二，如果说欧洲盟友的不理解和反对还仅仅是外因的话，那么，来自国内各派的坚决反对就成为导致计划最终失败的主要内因。

且不说原本就对威尔逊内政外交政策持激烈反对态度的共和党保守派们，美国著名外交家和历史学家，日后曾任驻苏大使的凯南(George Frost Kennan)就直斥计划为“不切实际的理想主义”，更为致命的是，就连原本支持威尔逊的进步主义者也反对计划，纵使其通过全国巡回演讲的方式进行阐释和说明也终究无济于事。“大多数美国民众还没有为美国参与欧洲政治和领导世界做好准备，他们仍然沉醉于19世纪的孤立主义，相信恪守华盛顿的‘伟大准则’可以继续保障美国的安全。”在美国究竟应该承担何种角色的问题上，美国国内这时并未如“二战”后那样达成一致看法，而是存在较大分歧，一时之间也难以调和。

但计划的失败并不意味着一切都烟消云散，其最为重要的遗产即是形成了美国外交思想史上的威尔逊主义，突出表现在对美国自我形象和国家身份的重塑改变了美国人头脑中的国家利益观，而他所提出的自由国际主义秩序成为美国在 20 世纪推行的国际秩序蓝本。

四、不得不说的关联

威尔逊所提出的计划在 20 世纪初曾被当时的国人寄予厚望，其两份重要演说文本——即参战演说与和议演说早于 1917 年和 1919 年就已由商务印书馆译介至国内，前者乃民国时期著名教育家蒋梦麟所译，而后者的翻译工作则是由著名翻译家钱智修担纲。

然而，众所周知的是，原本的希冀却变成了举国愤怒，并最终在国内引发为五四运动，从此标志着“新民主主义革命”的开端。只要粗通近代史的国人对此一周折都应不陌生，但问题在于现行高中历史教科书中的有关叙述却有其偏颇之处——注重中国在巴黎和会上的利权损失和美英法列强的欺骗行径，而未将其与稍后所召开的华盛顿会议有关中国诉求的内容调整进行整体性对接，故也造成历史的单向度叙事。

普通高中课程标准实验教科书《历史 1(必修)》第十四课“新民主主义革命的崛起”中这样写道：

> 1919 年初，第一次世界大战的战胜国在法国巴黎举行“和平会议”。中国代表提出：废除帝国主义在华的一切特权，取消“二十一条”，收回德国在山东的特权。但是，英、美等国操纵会议，拒绝中国的正义要求，并无理决定将德国在山东的特权转交给日本。这一消息传到中国，成为五四运动爆发的导火线。

很显然，有关巴黎和会的内容被作为近代中国外交失败的背景和国内革命运动的“引线”来处理，教科书编者着重于西方列强对中国利益的无视以及接踵而至的马克思主义广泛传播、中国共产党诞生和第一次国共合作等国内革命运动，并将其纳入到20世纪中国革命史的发展进程之中。

只是在普通高中课程标准实验教科书选修三“二十世纪的战争与和平”第二单元“凡尔赛—华盛顿体系下的世界”中才对两次会议作了一并介绍，但也颇多时代旧语，如巴黎和会“实际上由几个帝国主义大国控制”，“中国外交失败的消息传到国内，激起了中国人民的极大愤慨，五四运动随即爆发”。对于华盛顿会议，则仍然坚持会议最终所达成的《九国条约》“又使中国回复到几个帝国主义国家共同支配的局面”。

然而，事实上，由于中国的据理力争(参会的三位全权代表分别为驻英公使顾维钧、驻美公使施肇基、大理院院长王宠惠，而顾、施两位都曾参加过巴黎和会)和西方列强(尤其是美国)的压力以及某种程度上对此前巴黎和会中国所遭受不公待遇的纠正——即“将日本之对华进展给以强制之清算”。总体而言，相比于巴黎和会，在华盛顿会议上，“中国仍是赢家”，而且更为重要的是，由此也开启了民国政府(不论北洋政府还是南京国民政府)之后对西方列强的改约维权之路。对此，由中国社会科学院近代史研究所主持的《中国近代通史》一书已经认定华盛顿会议上的中国“得到了大体可接受的结果，与巴黎和会的空手而归形成了对比”，也标志着“中国国际地位的缓慢提升”，“应给予一定的积极评价”。显然，这些已经作为主流学术界公之于众的学术成果并未被吸纳到现行课本中来，不得不说是一大遗憾！

著名历史学家、台湾大学人文社会高等研究院院长黄俊杰先生曾对历史教育的功用有所阐发，他认为历史教育有两方面的重要意义，其一在于“历史教育为接受教育者拓展了时间的深度感，使他们深深知道他们不是宇宙间孤零零的存在体，他们继承他们祖先筚路蓝缕创造文明的遗业，也对后世万代子孙负责任”；其二乃是“历史教育也开启了受教育者的社会感，使他们理解他们与社会上的其他成员都是继承相同的文化遗产，也具有相同的历史责任”。但要做到这两点的前提必须是厘清史实，否则史论再美妙也无异于空中楼阁，而高中历史教学现有软硬条件虽然很难与学者的学术成果完全对接，但这不等于就能“犬儒”，作为历史教师的首要工作也不仅限于按照教参备课，更应主动跟踪学术研究的最新成果，消化吸收，从而真正达到透过历史教育培育学生历史意识的效果！

触摸历史、品读经典

——重温毛泽东《党委会的工作方法》

习近平总书记近日就学习毛泽东同志《党委会的工作方法》(本文以下简称《方法》)作出重要指示，对各级党委(党组)领导班子成员，特别是主要负责同志重温这篇著作提出了明确要求。那么，毛泽东为何要写这样一篇文章，有何用意，又讲了些什么？虽然这篇文章早已成为一篇历史文献，可经典的魅力就在于“时过境未迁”，诚如意大利著名历史学家克罗齐(Bendetto Croce)所言——“一切历史都是当代史”，六十七年后再次重温这篇文章，读完之后的内心仍不免有心潮澎湃之感，深觉研读正当其时。

1949 年 3 月 5 日至 13 日于河北省平山县西柏坡村所举行的中共七届二中全会在党史上有着重要的承上启下意义——它既是对此前数年解放战争所取得成绩的一次系统性总结；又站在新的历史高度展望、筹划未来的工作方向和奋斗目标，为建立中华人民共和国首先在全党凝聚共识、做好思想准备。在这次会议报告中，毛泽东提出促进革命迅速取得全国性胜利的各项重要方针，说明了党的工作重心将由农村转向城市，规定了党在全国革命胜利之后的各项基本政策。

此外，毛泽东还特地告诫全党应警惕资产阶级糖衣炮弹的进攻，这一报告和同年 6 月所写的《论人民民主专政》一文事实上构成了中华人民共和国成立初期起着临时宪法作用的《共同纲领》的政策基础，而《方法》最初则是毛泽东在中共七届二中全会所作总结的一部分，一定程度上也是对此前《关于领导方法的若干问题》一文的进一步引申和发挥，于1960年入选《毛泽东选集》第四卷(可参见人民出版社1991年版《毛泽东选集》第四卷，第1440~1444页)。

《方法》一文的核心内容意在说明党委的运作须坚持和贯彻民主集中制。在毛泽东看来，民主既是一种制度，也是一种方法，而不仅是抽象价值和学理概念，体现民主的一个重要方法是少数服从多数。党委中的书记和委员之间就是这样一种关系，书记虽是班长，但绝非“一言堂”，自己说了就算，要善于发挥各委员的作用，加强集体领导，这可以说是《方法》一文的中心题旨。以此为基础，毛泽东顺势展开，从以下几个方面有针对性地分别阐述党委会工作过程中所应注意的问题。

一、“开大门、走大路”，互通有无，将问题摊在阳光下公开讨论

党委会各成员之间务必多联系、勤沟通，“取得共同的语言是很重要的”，切忌“鸡犬之声相闻，老死不相往来”，这很容易导致党委内部成员之间的猜疑和算计，极不利于团结，也就很难形成一股合力，真正将工作落到实处、走在前列，为百姓造福、为党分忧。有了问题就开会，交换意见，互谅互助，共同寻求解决问题的好办法，以免推诿延宕、久拖不决，直接影响和阻碍一个地方或单位的社会经济发展。因此，坦诚相待、包容大度不仅是个人立足于社会所需具备的良好素养，更是党员领导干部开展工作时的必备“方剂”。

二、学会弹钢琴，不耻下问，分清中心主次，抓紧各项工作的落实

“三人行，必有我师焉！”党委不可能样样懂，都精通，必须仰赖于下级所提供的材料、汇报和有关意见。因此，党的领导干部要善于倾听下面干部的意见，并结合来自各方观点后作出最终决定，以免挂一漏万。“先做学生，然后再做先生；先向下面干部请教，然后再下命令”，不能强不知以为知，胡乱发令，自以为是。在此过程中，党委应具备钢琴家的功力，十个指头要有节奏的相互配合，抓紧中心工作，并围绕中心来展开其他方面的工作，且必须真正抓紧，而非摆样子，“不抓不行，抓而不紧也不行”。此外，党委在综理全局时也要力求做到胸中有数，注意到情况和问题的数量方面，要有基本的数量分析，从而为高质量决策提供坚实基础。

三、开会需事先通告，充分准备，团结各方同志，明确敌我，力戒骄傲

党委开会必须事先告知大家，犹如张贴安民告示，使得大家对会议内容和准备讨论的决议草案做到心中有底，不能搞突然袭击，“兵马已到，粮草未备”，这样的会最好不要开，宁可推迟延后，而会议本身和讲话、演说、作文等都应简要概括，切忌冗长、无用。更为重要的还在于党委应时刻保持警惕，力戒骄傲、自满，不宜为某一领导人歌功颂德，始终保持我党优良的艰苦奋斗作风，最大程度团结一切不同意见的同志，为着革命工作的胜利而齐心协力。对于那些与自己有不同意见的同志，不仅不能心存疏忽和怠慢，而且更要主动关怀、相互交心、化解矛盾、真诚相待，成为革命道路上的好战友、好伙伴！

站立当下，回顾过去是为了更好的面向未来。在全面建设小康

社会，全党和全国各族人民都在为践行“四个全面”战略布局，为实现“两个一百年”奋斗目标不懈努力之时，重温《方法》对于更好发挥党的作用无疑具有重要意义。

胡先骕的两次留美经历

众所周知，被誉为“中国植物学界老祖宗”（毛泽东语）的胡先骕（1894—1968）乃是中国植物分类学之父和中国植物学会第一任会长，领导和参与创办了中国第一个大学生物系、第一个生物研究所，推动静生生物调查所、庐山植物园、云南农林植物研究所等科研机构的创建，亦是 1948 年选出的首批中央研究院院士之一。

作为著名学者许纪霖教授笔下“中国第一代现代意义上的知识分子”（也称“五四一代”，大多出生于 1880—1895 年），胡先骕不仅旧学根底深厚（尤其是诗词双艺，乃学衡派中坚和骨干，现有《忏庵诗稿》行世，系由钱锺书编选），而且负笈留美，选习在当时看来非常新鲜和超前的植物学。用他自己的话来说就是——“乞得种树术，将以疗国疾”。

然而，胡先骕并未如冯友兰、萧公权、蒋梦麟等人在美国直到获得博士学位后方才回国，而是有过两次各自都不算太长的留美经历，分别是 1912 年年终至 1916 年 7 月、1923 年 9 月—1925 年 7 月（计算时以其抵美和离美的时间为准），终获哈佛大学哲学博士学位。虽总计不过四年半，前后相距却有七年之久。换言之，胡先骕二度赴美时已近而立，显然不同于今天一般意义上的普通应届生留学。

根据有关研究，近代江西官费留学生的派遣迟至 1904 年，较之其他省份严重滞后，但不论人数还是质量方面在全国却属前列，尤其在中部地区数一数二，为各行各业培养了大量人才，本文主人公胡先骕即是其中的佼佼者。民国元年，时任江西都督、本人也是江西早期留日学生的李烈钧在心远中学(现为南昌二中)创办者熊育锡建议之下，拨款选派学生分赴欧美日本留学，胡先骕参加了其中的留美考试，一共入选十六人，著名物理学家饶毓泰、中国新闻学开创者徐宝璜都在此列，胡先骕以第五名的成绩如愿入选。

1912 年年底，经过舟车劳顿后的胡先骕终至美国，时值圣诞，作《美洲度岁竹枝词十首》以表心迹，这也是现存最早的胡先骕诗作。次年春季学期，胡先骕进入加州大学伯克利分校农学院，后转植物系。至于为何转系，日后在《对于我的思想的检讨》一文中，胡先骕自忖："1913 年入加利福尼亚大学，先学农艺，后转入植物系，抱着纯技术观点来获得专门的知识，以外国大学的学位做敲门砖，以求得到一个铁饭碗。"

于今来看，胡先骕在农学和植物学之间无疑是选择了一个更为小众的学科方向。值得一提的是，中国近代著名教育家、曾任北京大学校长和民国政府教育部长的蒋梦麟最初在伯克利也是学农，而后才转至教育学，完成学业后继续前往纽约哥伦比亚大学，从学于著名哲学家和教育家约翰·杜威(John Dewey)。另一位在 20 世纪历史星空中更为闪耀夺目的胡适一开始也是在康奈尔大学农学院，其由于在实验室中进行苹果分类遭遇挫败而弃农学哲的故事似已成为形容当时留学生选择专业时的经典案例。

需要说明的是，由于胡先骕并未如胡适那样留下翔实的日记材料，因此，对其两段留学经历的爬梳很大程度上得仰赖现已出版的胡先骕年谱(即《胡先骕先生年谱长编》，胡宗刚编著，江西教育出版社 2008 年版，本文以下简称《年谱》)和其他研究性著作。仔细翻检年谱中从 1912 年年终至 1916 年这四年间的记载，总的来说，虽然年纪并不算大，也就是现在一个普通大学本科生的年龄跨度，胡先骕在美期间所参与的活动却丰富多彩，而且层次也都不低，足令今日你我读过大学者艳羡不已。

1913 年刚到美国，即担任美国西部留学生中文书记，参加了年底在加州大学所召开的年会，并作《西美中国学生年会纪事》一文，刊于《留美学生季报》(本文以下简称《季报》) 1914 年第 1 卷第 4 号。1914 年 7 月，经同乡杨杏佛(铨)介绍加入南社这一“晚清文坛上的怪物”。时间来到了 1915 年年初，胡先骕加入了在近代中国历史上赫赫有名的学术团体——中国科学社，并于同年成为《季报》《科学》这两份杂志的通讯员以及加利福尼亚学生会会长。除了加入社团之外，胡先骕也于 1914 年经杨杏佛、饶毓泰绍介而与胡适定交，并称其为“宗兄”，而自称“宗弟”。但相比之下，较之这位“宗兄”，胡先骕的交际面则要狭窄得多，其主要活动仍以植物学专业和诗词写作为主，并未有过多“越界”。

以《说文解字》中所收录的植物名词为对象，胡先骕从其专业出发，对这些名词背后的具体所指作了一次大检视，最后形成在中国科学社所办《科学》杂志中所发表的《〈说文〉植物古名今证》一文(《科学》1916 年第 1 卷第 6 期)，这也是他自踏入植物学园地之后见刊的第一篇正式学术论文。之所以会有此文的诞生，其动因也并不难理解。一来，胡先骕旧学功底扎实，对中国传统文化温润而钦敬；二来，以所学专长针对本学科在中国古代的已有发展进行梳理和总结在民国时期的科学家中甚为普遍，如竺可桢对中国数千年气候变迁的研究就是这方面的一个典型例证。

专业之外，诗词创作以及与留赣友人的互通书信在胡先骕第一次留美的那几年中亦有重要位置，相关记载屡屡见诸《年谱》。如 1916 年 3 月，以咏西方所产花卉为主题的《忏庵词稿》一组载于《季报》第 3 卷第 1 号；继之的该刊第 2 号，胡先骕发表来美后所作诗若干首，题为“忏庵诗稿”，《美洲度岁竹枝词十首》即在此内。同时，好友王易、汪辟疆也与胡先骕数度传书，除告之南昌家中近况外，主题仍离不开谈诗论词。

与今天的留学生类似，当年真正能够毕业后留在国外继续发展者也并不太多。因此，当 1916 年 7 月获得学士学位后，胡先骕也是在这年的夏天第一时间即选择回国发展，而没有继续攻读硕士学位，但问题在于他的学历(也包含学力)毕竟只相当于国外大学生的程度，而没有令人艳羡的博士帽，加之来自江西，也非庚款留美等因素，求职过程也是备尝酸辛，先后在北京大学和上海商务印书馆张元济处两度碰壁，与那位“宗兄”胡适甫一回国即获聘北京大学教授，年纪轻轻就具有全国性知名度真有天壤之别。

不得已，胡先骕只有先回老家江西谋职，但不论是庐山森林局副局长一职还是省政府实业厅技术员的岗位，显然都无法令其满意。“蹉跎”整两年后，获国立南京高等师范学校农科主任邹秉文之聘，任该校农林专修科教授，月薪起先一百五十元，后增至二百元。不仅获得高平台，而且物质上也较丰厚。“自此之后，胡先骕终身从事科学教学和研究，未曾改变”，相关成果也不断涌现，毕竟对于任何一个有志于以学术研究作为终生志业的人来说，有一个平台稳定而衣食无忧，能够全勤投入的工作环境至关重要，胡先骕也是如此。

直至 1923 年 9 月，胡先骕再度赴美留学，前往哈佛大学阿诺德树木园(该园始建于 1872 年，乃当时欧美最为著名的中国树种研究中心)，师从著名植物分类学家杰克(D. G. Jack)教授。相比于前一次留学，在同为植物分类学家陈焕镛(哈佛大学森林学硕士毕业，其求学哈佛期间的大部分时间即在阿诺德树木园度过)的介绍和江西省教育厅的资助之下，胡先骕改换门庭，转投哈佛大学。

先是在 1924 年下半年以一年左右时间获得硕士学位(Master of Science，也就是美国学位制度中的理学硕士，但这一层次的学位并未统一规定要求提交硕士论文，各校之间乃至同一所学校内的不同系科之间出入较大)。其后进入博士阶段的学习，并于1925年7月获哈佛大学博士学位(Doctor of Science)，“是中国植物学家中获哈佛大学博士学位的第一人”。需要说明的是，胡先骕的这一博士学位并非“Ph. D”——也就是今天国人所熟知的哲学博士，而是理学博士(也译作科学博士)，相比于哲学博士，后者更类似于专业博士学位。

获得学位的同时，胡先骕也完成了《中国有花植物属志》(*Synopsis of Chinese Genera of Phaneogams with Descriptions of Representative Species*)三卷本博士论文。通过哈佛大学图书馆的信息检索，此博士论文隶属生物科学(Biological Science)之下的植物学(Botany)。在这篇论文中，胡先骕旁征博引，充分利用了阿诺德树木园内的已有藏品、标本和哈佛大学的丰富藏书，对中国有花植物进行了一次全面清理，记录了一千九百五十属三千七百种中国本土植物，另包括一小部分的外来栽培植物，是为“关于中国植物学的一项开创性的研究”。略为遗憾的是，出于治学的严谨，并希望日后能有机会进一步修订完善之后再版，而历史却并未给胡先骕提供这样一个闲暇和时机，此博士论文时至今日仍未面世，只是抄录打印了数十份存于国内各大植物研究机构的图书馆之中。

1925年秋，完成学业的胡先骕回到中国，继续在由国立南京高等师范学校改制而来的东南大学执教，并于中国科学社生物研究所从事研究工作。对于“终成正果”的胡先骕来说，此后至1949年中华人民共和国成立的二十多年间，也迎来了其一生学术事业的丰硕期，可谓“日正当中”。

书林一叶

爱因斯坦的政治信仰

古希腊著名哲学家亚里士多德(Aristotle)在其名著《政治学》中说:“人类自然是趋向于城邦生活的动物(人类在本性上,也正是一个政治动物)。”自此以降,西方政治学者从不同角度对其内涵和外延进行诠释,众说纷纭、莫衷一是。不过,有一点可以肯定,不论你对亚里士多德学说作何诠解,人不可能生活于真空之中,终究无法脱离政治。亚里士多德生活的古希腊是这样,充满动荡的20世纪又何尝不是如此?

作为个体,可以无党无派、特立独行,但在思想深处无疑会有自身对政治事物和政治进程的考量和判断。进而言之,人们作出决定的过程其实就是依凭个人心中的政治信仰作出判断的过程。政治信仰决定着人们的政治行动,政治行动的差异则体现着人与人之间政治信仰的不同。普通人是如此,20世纪著名科学家爱因斯坦(Albert Einstein)也是这样。由著名自然科学史专家许良英先生领衔编译的《爱因斯坦文集》(第三卷)(增补本,商务印书馆2010年版,本文以下简称《文集》)中所收录的社会政治言论不仅体现了爱因斯坦作为著名科学家的人生观、价值观和世界观,而且也使人们对其明确而坚定的政治信仰有了清晰认识。

爱因斯坦首先是一位热诚的和平主义者。他热爱国际和平,反对一切形式的战争和杀戮。对于当时世界上包括中国在内仍然遭受帝国主义列强殖民和侵略的广大弱小国家抱以极为真挚的同情，呼吁停止战争，以和平方式解决国际争端。纵观《文集》，爱因斯坦在面对20世纪人类众多杀戮和战争时都明确表达了他的和平立场。特别是在巨大压力下仍然坚定对“一战”的反对态度，并在反战宣言上签字，以及“二战”后坚持弃核、废核，共建人类和平家园的美好愿望。这些都突出体现了爱因斯坦作为一个有良知的科学家心中那份对人类迈向永久和平的无限渴望。

19世纪末、20世纪初的德国躁动且不安。德皇威廉二世(Kaiser Wilhelm II Von Deutschland)在外交政策上推行旨在争夺世界霸权的“世界政治”，扩军备战、穷兵黩武，德国一时间成为中欧一座荷枪实弹的兵营，妄图通过发动一场世界性战争的方式一举解决德国面临的所有国内外问题。在此情形下，“民族”这一概念就成为把全体德意志人凝聚在一起的强大精神动力和意识形态。“谁对他提出疑问，谁就意味着背叛和不忠。”1914年“一战”爆发后，民族主义和军国主义这两股思潮在当时的德国甚嚣尘上。上自威廉二世、下至普通百姓，不分党派左右，都热切期望通过所谓“堡垒和平”从而赢得这场战争，最终达到拓展德意志生存空间，取得与其经济实力相匹配的话语权和对世界政治格局主导权的双重目的。这种氛围也不可避免地影响到当时的科学界。包括著名科学家、量子理论创始人马克斯·普朗克(Max Planck)在内的九十三名德国文化和知识界名流就在军国主义分子操纵下于1914年10月发表了一份为德国侵略暴行辩护的《文明世界的宣言》。

人类历史一再证明这样一个颠扑不破的道理：即当狂热成为一种常态，人们对其已经习以为常时，理性思辨和多元宽容不仅显得弥足珍贵，甚至会成为集体意识中的另类表达，最终会导致“劣币驱逐良币”的可悲结局。爱因斯坦异常敏锐地感到德国科学文化界在这份宣言背后隐含的方向性转变：原来那个独立、自由且多元共容的学术自治共同体已经转变为德意志这辆已经开动起来的战车上的一个零部件。对于反战的爱因斯坦来说，那九十三位签字的各界名流无疑充当了为德国侵略扩张行径助纣为虐的“帮凶”角色。

相比之下，爱因斯坦并未流于世俗，而是旗帜鲜明地在一份最终只有四个人签名的《告欧洲人书》上署下自己的名字。在这份宣言中，爱因斯坦首先戳破了德国统治者宣扬的“一战”是为民族而战的虚伪口号和造势宣传。在他看来，“一战”的爆发只不过是统治者“以保卫民族生存为借口而发动起来的”。德国统治者只是通过对外侵略和扩张从而转嫁内部矛盾和转移国内视线罢了。爱因斯坦强烈批评德国科学家和艺术家放弃了任何还想维持国际交往的愿望，任由民族主义大行其道而未能出面公开制止。他认为民族主义将“不仅会威胁文化本身，同时还会威胁民族的生存”。

对于当时欧洲面临的危机，爱因斯坦从更为宏阔的历史角度对欧洲的未来和前途提出了自己的愿景。“必须利用由这次战争所造成的欧洲不稳定和动荡的局势，把这个大陆熔接成一个有机的整体”，“欧洲必须联合起来保卫它的土地，它的人民和它的文化”。在今日众多地区性一体化组织中，欧盟无疑是最能体现爱因斯坦上述言论中所表达的“交往—联合—一体—国际和平”这一四步路线图的区域性合作组织。从思想史的角度出发，爱因斯坦所主张的欧洲联合也极具意义。它不仅预示了战后欧洲逐步迈向联合的历史进程，而且也上承德国著名哲学家康德在《永久和平论》中所表达的“永久和平”思想和“世界政府”理念。或许觉得言论抗议已经无济于事，爱因斯坦便利用他的个人声望于 1914 年在柏林创建了一个名为“新祖国同盟”的反战团体。并于 1915 年致信当时居于瑞士的法国著名作家罗曼·罗兰(Romain Rolland)表达他对反战的支持。这些都表明了爱因斯坦不仅作为一个科学家具有的良知情怀，而且也很好体现了作为世界公民的爱因斯坦如何真正为人类前途和未来着想。

三十年后的1945年，爱因斯坦在普林斯顿与美国广播公司时事评论员斯温(R. G. Swing)进行了题为“要原子战争还是要和平”的谈话。在谈话中，爱因斯坦表达了他对战后由于原子弹而带来的美、苏两国之间军备扩张和竞赛的严重关切，认为必须把“原子弹的秘密交给一个世界政府，而美国应该马上宣布它愿意这样做”，“这样的世界政府应当有权裁决一切军事问题，除此以外，它只需要再有一种权力。那就是它要有权干预这样一些国家，在这些国家里，少数人压迫多数人，从而造成一种会导致战争的不稳定状况”。

对原子弹历史稍有了解的都知道它的研究实际上早在“二战”爆发以前就已经在欧洲多国展开，但真正与战争紧密联系和挂钩却是与纳粹试图研制原子武器分不开的。或者说，纳粹的研制催促了当时以匈牙利裔物理学家莱奥·西拉德(Leo Szilard)为首的流亡科学家力劝美国罗斯福(Franklin D. Roosevelt，俗称“小罗斯福”)政府开展对原子弹的研制进程，以争取赶在纳粹之前研制出原子弹。而要与美国政府取得联系，爱因斯坦无疑是最为合适的人选。抱着这样一种想法，西拉德和另外一位流亡美国的匈牙利裔物理学家爱德华·特勒(Edward Teller)于1939年8月2日拜访了爱因斯坦并交给他两封一长一短准备送呈罗斯福总统的信。爱因斯坦在那封长信上签下自己的名字，这就是著名的《为建议研制原子弹给罗斯福总统的信》。这些科学家的建议最终在1942年8月13日变成现实，美国开启了代号为“曼哈顿工程”的原子弹研究计划，并于1945年8月6日、9日分别在日本广岛和长崎投下原子弹。这是人类历史上首次使用原子武器。其所造成的杀伤也大大超过人类先前所发明的任何一件武器。

对此后果，爱因斯坦非常失望，甚至有些后悔。1955年3月19日写给著名物理学家马克斯·冯·劳厄(Max Von Laue)的信中就表示当初之所以要签署那封致罗斯福的信，主要原因是对希特勒(Adolf Hitler)可能首先拥有原子弹的担心和疑虑。“要是我知道这种担忧是没有根据的，当初我同西拉德一样，都不会插手去打开这只潘多拉盒子。因为我对各国政府的不信任，不仅限于德国政府。”这表明，爱因斯坦对原子弹问题的思考仍然秉持其一贯的和平立场，坚持从人类整体利益出发而非一国一族的狭隘利益。

爱因斯坦同时又是一位坚定的民主主义者。坚信民主价值，反对当时形形色色的各类极权统治和政治迫害。

翻检整部《文集》，共有六篇文章或讲话从不同层面分别对民主、权利和自由(特别是言论自由和学术自由)进行了阐述。1918 年 11 月 13 日在面向柏林大学学生的讲话中，爱因斯坦把自己说成是一个“不是最近才转变而是老早就信仰民主的人”。在这篇讲话中，爱因斯坦提出“我们的共同目的是民主，是人民的统治”。爱因斯坦认为，新生的德意志共和国绝不是以左翼的阶级暴政来代替右翼的阶级暴政，它应该是一个宪政框架下的民主政府。换言之，德意志共和国应逐步摆脱帝国时代的专制残余和军国主义遗毒，主动建设民主宪政以便重新融入欧洲和世界。爱因斯坦也对“暴力哲学”这一专制统治的哲学基础提出了严肃批评，认为“暴力只能产生痛苦、仇恨和反抗”。回溯人类历史可以看到这样一个近乎悖论的矛盾：世界历史上几个纯粹以革命方式建立起来的民主国家(1789 年的法国、1919 年的德国、1918 年的奥地利和 1933 年的西班牙)最后都无疾而终，反倒是以协商和妥协方式建立起来的民主政体能够长久存续(最典型的就是美国)。这的确是一个耐人寻味的历史现象，但细细思索也不难发现，“暴力革命在创建民主的同时，也给民主制造了一个顽固的敌人”。爱因斯坦对“暴力哲学”的分析可谓力透纸背、直指专制体制的思想根源。

论及民主，不得不谈关于人的权利问题。现代民主政体的特点就在于它有成熟的法律和机制来充分保障个人自由，以及行使权利而不受侵犯。民主和权利、自由的关系犹如硬币之两面，无法离开其中一者而侈谈另一方。《文集》中一共有四篇文章论及权利和自由问题，特别是言论自由这一人的基本人权和学者自由表达观点的学术自由是爱因斯坦着墨最多的地方。早在1936年，爱因斯坦就在为一个美国大学教师集会而准备的演讲稿《保卫言论自由》中提出了要保卫学者和教师的“言论自由”和“教学自由”，认为“教学自由以及书报上的言论自由是任何民族的健全和自然发展的基础”。及至晚年，爱因斯坦不仅针对当时美国国内喧嚣一时的“麦卡锡主义”提出严厉批评，认为这无异于是对人权的侵犯，而且也敢于向那些遭受政治迫害的人伸出援助之手，甚至不惜“为捍卫公民权利，必须准备坐牢”。细心的读者会注意到《文集》的最后几篇文章都在批评当时美国国内的政治和外交政策。这充分说明当时美国国内的政治状况是与爱因斯坦的政治信仰背道而驰的。从这些文字中也能够读出爱因斯坦晚年内心对美国政治的失望、疑虑、担忧和愤怒。

通过这些言辞激烈的表达，爱因斯坦向人们和世界传达一种不仅是他个人所独有，而且在他看来理应是全体科学家所共有的政治信念：在面对强权和迫害时，科学家尤其不能保持缄默。作为一个科学共同体，应该勇敢地表达出自己对时政的观点，而非退避三舍。否则，最终所遭殃的将不仅是科学家个人，而是整个科学和文化。对此，爱因斯坦可谓感同身受。毕竟，爱因斯坦之所以离开德国就缘于他不愿屈服于纳粹的残暴统治。

希特勒于1933年上台后，爱因斯坦发表了一系列谴责纳粹暴行的言论(《文集》中就收录一篇写于1935年的《希特勒怎样会上台的?》)。为了保护爱因斯坦，德国著名物理学家，也是爱因斯坦好友的劳厄特地致信爱因斯坦劝其对政治问题保持克制。对于老朋友的善意劝告，爱因斯坦除了感谢之外，也明确提出科学家对政治问题不应当持明哲保身的处世态度。爱因斯坦认为，科学自身的特性要求科学家在面对外界时需要保持高度警惕和足够的怀疑精神，并有胆量和勇气坚持自己的观点而非盲目信从和跟随，从而丧失作为科学家的基本原则和价值立场。布鲁诺（Giordano Bruno）、斯宾诺莎（Baruch de Spinoza）、伏尔泰（Voltaire）和洪堡都在以实际行动乃至生命的代价来践行对于自由思考和独立判断这两项权利的捍卫。

爱因斯坦亲身经历了20世纪上半叶的两次世界大战给人类带来的巨大伤痛，他本人则是因为对纳粹的极度不满且不愿屈服而选择流亡美国。对于德国人民为何最终会选择希特勒和纳粹，爱因斯坦也有着自己的思考。他认为德国的转变很大程度上是其教育的失败，“几个世纪以来，德国人民都受着学校教师和练兵军士的一脉相承的灌输训练。德国人在艰苦的工作中得到了锻炼，学会了不少东西，但他们也受到奴性服从、军事习性和野蛮残忍的训练”。希特勒这样一位“智力有限、并且不适宜做任何有益工作”的人正是利用了德国人性格上的弱点。

有鉴于此，爱因斯坦特别注重教育在培育国民性格和培养青少年品格上的重要作用。爱因斯坦认为在整个学校教育过程中，光是专业知识教育是远远不够的，这样的学生还不能成为一个和谐发展的人。他认为“要使学生对价值有所理解并且产生热烈的感情，那是最基本的。他必须获得对美和道德上的善有鲜明的辨别力。否则，他——连同他的专业知识——就更像一只受过很好训练的狗，而不像一个和谐发展的人”。对于学校的功能，爱因斯坦也有着自己的分析。“知识是死的，而学校却要为活人服务。它应当发展青年人中那些有益于公共福利的品质和才能。”“学校的目标应当是培养有独立行动和独立思考的个人。”走笔至此，或许约略明白在爱因斯坦心目中，教育的目的端在于培养学生独立思考和学生对真、善、美的良好鉴别和赏析的能力。学校教育应着重于学生人格的培养和提升而绝非像对待动物一般驯化学生，使之成为毫无思想、无所作为的工具和机器。今日一读，比照当下教育，爱因斯坦的话仍感言犹在耳，可谓振聋发聩！

值得一提的是，《文集》中还收录有一篇爱因斯坦1922年年底访问日本期间经过上海时的旅行日记。虽然停留时间短暂，但爱因斯坦却在日记中如实记录下了他眼中的上海和中国人民。“在外表上，中国人受人注意的是他们的勤劳，是他们对生活方式和儿童福利的要求的低微。他们要比印度人更乐观，也更天真。但他们大多数是负担沉重的：男男女女为每日五分钱的工资天天在敲石子。”“在上海，欧洲人形成一个统治阶级，而中国人则是他们的奴仆。他们好像是受折磨的、鲁钝的、不开化的民族，而同他们国家的伟大文明的过去好像毫无关系。”

我们也不能忘记，1931年日本悍然发动“九一八”事变后，爱因斯坦号召全世界通过联合经济制裁日本以阻止对华侵略。1932年陈独秀被捕和1936年“救国会七君子”被捕，爱因斯坦联合欧美知识界著名人士给予正义声援。这些都是对当时身处苦难的中国和中国人民最无私的帮助，体现出爱因斯坦深厚的人道主义精神。

对于爱因斯坦这样一位思想巨子和文化巨人来说，以上所述仅仅是其思想冰山之一角，还远远无法窥其全部。事实上，新版《文集》中收录的每一篇文章都闪烁着爱因斯坦的思想光辉。这或许也是为何《文集》在改革开放之初的80年代能够成为当时急欲渴求新知的青年手中的畅销书，受欢迎程度丝毫也不亚于今日书店中各种名目的成功学和励志畅销书。根据许先生回忆，80年代报上曾经公布大学生最喜爱读的十种书的调查结果，《文集》即名列其中。

相比于《文集》广受读者欢迎，《文集》的出版过程却是命途多舛、一波三折。正如许先生自己在《选编说明》中所形容的：“这是一部多灾多难的书。”许先生从1963年开始编译，中间诸多人事纷杂和干扰自不待言，直至将近二十年后的1980年，《文集》三卷本才全部出齐。在这二十年中，书运、人运和国运紧密相连，而新版增补本的问世也将继 20 世纪 80 年代后重新撩拨起人们心中那份早已静寂的波澜，促使你去思考自身和人类。

思想史的魅力之处正在于思想家虽然已离我们远去，但他的思想遗产却仍能照亮或启发后来人继续前行。爱因斯坦作为一个科学家和思想家的价值和恒久魅力也正在于此。

美味欺诈的背后

儿童奶油冻中掺入有毒的月桂叶，用黑刺李的叶子冒充茶叶，用白黏土制成含片，在胡椒中掺入灰尘垃圾，泡菜用铜染绿，糖果用铅染色。

对于近年来已经越来越熟悉于各种食品掺假手段的中国消费者来说，在阅读英国著名食品作家和历史学家比·威尔逊(Bee Wilson)《美味欺诈：食品造假与打假的历史》(周继岚译，三联书店 2010 年版，本文以下简称《美味欺诈》)一书之前，很难把上述文字与已经建立起比较完备的食品安全监管机制的英美两国联系起来。你可能又会认为这是中国哪个地方的无良商人坑蒙拐骗处于弱势的消费者。

其实不然，时下中国日益严峻的食品安全问题早在一百多年前的英美两国就已存在。缺斤短两、勾兑稀释、非法填充、以次充好等现象也并非今天才有，在当时的食品生产中便随处可见。作为工业化和城市化的先驱，食品安全问题首先出现在长期奉行自由放任经济政策的英国。大洋彼岸的美国则继之其后，特别是到了 19 世纪末、20 世纪初的世纪之交，食品掺假更是成为美国社会的一大公害，严重危害民众生命健康和生活质量。

《美味欺诈》一书以严谨而不失活泼的笔调将 19 世纪 20 年代以来英美一系列围绕人们餐桌而展开的精彩演义呈现于读者面前。用作者自己的话来说，“食品制造的历史就是一部近代史”。餐桌虽小，然而美味欺诈背后所折射的却是人性善恶的激烈较量和政府管控力度的跃迁。

作者威尔逊本人曾在英国著名时政周刊《新政治家》担任了五年美食评论家。自 2003 年起，他每周都在《每日电讯报》的美食专栏发表文章，与读者分享他的美食经验。同时，威尔逊又长期担任剑桥大学圣约翰学院思想史研究员。集美食评论家和历史学家于一身的威尔逊在《美味欺诈》一书中将其通俗笔法和严谨治学相结合，形成了这本耐读、好读，并能引发读者深思的好书。全书以时代为线索，着重于英美两国一个多世纪以来在食品造假和打假领域的两位重要人物——弗雷德里克·阿库姆(Frederick Accum)和哈维·华盛顿·威利(Harvy Washington Wiley)。行文写作夹叙夹议，每章结尾的注释和书末列举的参考文献为那些有兴趣的读者按图索骥提供了便利。另外，书中为配合文字说明而附上的大量精美插图则为全书增色不少，可谓图文并茂。

食品造假与打假的历史源远流长，早在古罗马时期，普林尼(Gaius Plinius Secundus，此处为“老普林尼”)和加图(Marcus Porcius Cato，此处为“老加图”)这两位著名农业史专家就在各自农学著作中详细记录了当时罗马社会存在的严重食品造假问题，并将其根源直指罗马公民道德素质的滑落和政府管理的缺位。有造假就有打假，皇帝敕令和罗马万民法中的相关法律规定构成了古罗马时期因应食品造假的法律依据，它们也是当今食品安全监管的早期形态和重要历史借鉴。

虽然古罗马人在食品打假领域堪称先驱，但人类建立在科学实验和检测基础上的食品打假却始于德裔英国人阿库姆于 1820 年发表的《论食品掺假和厨房毒物》(本文以下简称《论掺假》)一书。威尔逊认为《论掺假》发表的 1820 年在某种程度上界定了食品掺假历史的前后两个阶段——“前阿库姆时代与后阿库姆时代”，该书的问世告诉了人们这样一个事实：“几乎所有现代化工业城市中出售的食品或饮品都不如看上去那样美味，其制作方法也和我们想象的不同，而且美食是可以杀人的。”基于此，也就不难理解为何阿库姆的职业生涯会被威尔逊置于全书开篇，并浓墨重彩地将其贡献大书特书，而对阿库姆因偷书撕书而导致的身败名裂则扼腕叹息！在威尔逊笔下，阿库姆无异于一个成功与失败相交织的古希腊悲剧英雄。

1769 年 3 月 29 日，阿库姆出生于德国威斯特伐利亚地区的比克堡。父亲与兄长皆为当地的制皂工人，家庭熏陶与耳濡目染使从未接受过科学教育的阿库姆爱上化学。然而，令阿库姆成名，并享有无上荣誉的却是大英帝国的首都伦敦。1793 年，二十三岁的他来到这座城市为布兰迪斯药房伦敦分行工作，阿库姆凭借自身勤奋和才华一边打工，一边结交当时伦敦科学界的各路名流，并逐渐小有名气。才待了七年，阿库姆就开了一家商店，供应各类化学仪器。此后便在伦敦定居，至其发表《论掺假》一书，阿库姆已经在伦敦生活和工作了二十九年。虽然还保留了一些威斯特伐利亚人特有的美食习惯，但阿库姆已经彻底融入了伦敦的生活方式，并且善于在公众面前展示检测食品是否掺假的各种新奇化学实验。伦敦人着迷于化学，更痴狂于阿库姆每一次化学实验中的神奇表现。

在阿库姆眼中，美食成功的关键在于“所有成分必须精确混合”。因此，阿库姆对于那些不顾人们生命健康而在食品中掺假的行为极为藐视愤慨，将其视为对上帝信仰的背叛。回顾历史进程可发现，这一时期大量食品造假的出现绝非单纯意义上的道德滑坡这一原因所能解释。在阿库姆到来之时，英国已经完成工业革命。这场深刻影响人类生产方式乃至思维方式的社会运动也对英国原有的食品生产方式造成强劲冲击，突出表现在食品生产由之前的家内作坊逐步转为机器大工业生产。原来邻里之间看得见、摸得着的食品交易让位于“消费者—工厂”式二元买卖结构，对于食品生产过程中的具体情况，消费者处于极度信息不对称的弱势地位，食品是否掺假，消费者无从知悉。

可以想象，熟谙化学的阿库姆给伦敦市民带来了福音。他所做的一切不再只是新奇好玩，同时也与市民们每天的日常生活息息相关。人们争相阅读《论掺假》，有的甚至前往阿库姆开的商店购买化学仪器，带回家后亲自检验食品是否掺假。面对无良商人的造假行径，最好的应对办法便是以科学检测“以牙还牙”。在这方面，威尔逊认为阿库姆是位成功的“宣传家”和出色的化学家。《论掺假》之所以能够在民众中间引起如此巨大的反响，关键原因就在于阿库姆对食品的检查经过了严格的科学分析。

历史往往充满吊诡意味，以打假而声名鹊起的阿库姆最终却因为在图书馆的偷书撕书行径而名声扫地，人们进而怀疑这位食品卫士所撰写的无数著作是否也是移花接木而来。阿库姆不得不离开伦敦，回到故乡德国。威尔逊并未因阿库姆个人道德上的瑕疵而贬低他在食品打假历史上的贡献。在他看来，阿库姆“可能是一个有缺点的科学家，一个剽窃者，他的方法可能透着傲慢和凌乱，但是与他所取得的许多成就比起来，令他事业终结的丑闻显得那么微不足道”。

威尔逊书中着力刻画的另一位打假英雄则是美国人威利。威利曾留学德国，受过系统的科学训练，并获医学博士，加之其虔诚的宗教信仰和对公众利益的高度关注，这一切都注定他将成为美国食品安全监管史上的里程碑式人物。

自 1776 年建国以来，美国人的生活模式一如建国先贤之一的托马斯·杰斐逊（Thomas Jefferson）所设想的那样，是一派田园牧歌式的祥和宁静，食品主要依靠亲手栽种和饲养。然而，南北战争后的几十年内，美国迅速实现了工业化，农业社会转型升级为工业社会。

现代化大生产的出现和科技进步既有力推动了食品工业的发展，也为食品造假提供了可能，各种用于造假的化学成分和物质如井喷式涌现，并被应用于食品的生产、包装和运输过程中。相比于英国，美国这一时期的食品造假程度更甚，所激起的民众反应也更为强烈。

在民众翘首期待政府针对食品造假有所作为时，威利适时出现，他于1883年出任农业部化学局首席化学家，该机构也被认为是联邦食品与药品管理局(也即FDA)的前身。从1883年走马上任至1912年离职的三十年间，威利成了美国食品打假的标志性人物，史称“威利时代”。

这样一位充满传奇色彩的人物，威尔逊毫不吝惜笔下的赞语。作者认为威利是一个与众不同的人，“他性格外向，有些自负，热衷于改革却不喜欢改变；既懂科学又会做生意，而且不被二者束缚”。威利的食品打假不仅改变了美国的食品生产，让人们意识到纯净食品的重要性，捍卫了公众的健康利益，而且也在一定程度上改变了美国的政治面貌。联邦政府开始意识到食品安全关乎民生，政府有义务向民众提供安全、可靠的食品。

善于演讲的威利利用自身出众的口才直接诉诸民众，把当时美国社会一大批有志于社会改革的人士和团体团结在周围，自19世纪90年代起就不断向国会施压，试图通过全国性的纯净食品法案。为了验证防腐剂对人体具有的危害性，威利自费招募志愿者组成“试毒班”，以这种近乎自杀式的办法向人们证明使用防腐剂后的食品将会对人的健康产生致命性影响。威利的不懈努力和民众的呼吁最终促成了美国1906年《联邦食品与药品法》和《联邦肉类检查法》的通过。美国从此开始有了全国性的食品安全监管法律，并渐而形成较为完备的食品安全监管机制。

可以说，威利本人和时任总统的罗斯福对法案的最终通过居功厥伟。但威尔逊认为法案的奠基者是威利，而直接推动力则来自于厄普顿·辛克莱(Upton Sinclair)这位“神经质”的年轻社会主义者所撰写的《丛林》(*Jungle*)一书。本是前往芝加哥肉类屠宰厂调查工人生活状况的辛克莱在书中简略提及了屠宰厂内令人不堪的卫生状况，“地上、泥土上、木屑里，肉扔得到处都是，工人们随意踩踏，随口吐痰，不知道有多少肺部细菌。有的房间里有成堆成堆的肉，当屋顶漏雨时，雨水滴落在肉上，老鼠们还会在肉上跑来跑去”。辛克莱并未想到不经意的几笔却在美国社会引起轩然大波，普通民众纷纷去信要求政府彻查芝加哥肉类屠宰厂的卫生状况。他曾戏谑道：“《丛林》一书击中了人们的胃。”事实上，《丛林》一书直接推动了《联邦肉类检查法》的通过。

因此，两部法律其实应该是威利、罗斯福和以辛克莱为代表的黑幕揭发者这三者合力攻关的结果。与阿库姆相似，威利辉煌职业生涯的晚年却也伴随着不断对他与利益集团纠葛不清的质疑以及官僚机构内部的人士倾轧。威利最终于 1912 年离开政府部门为《好主妇》杂志工作，并继续他为纯净食品所作的宣传演讲。

威利的科学打假虽然暂告一段落，但它仅是一个开端而已。“掺假食品，就好像贫穷一样，似乎永远都不离我们左右。”不仅如此，随着科技的日新月异，食品造假在世界各国愈演愈烈。21 世纪的我们能吃什么？

威尔逊以其多年写作美食评论的经验告诫公众，安全食品不会坐等到来，也不能仅仅依靠国家的立法行动来保障，关键还在于增强食品安全知识，了解商品的准确信息。

如果你不想买到造假食品，不妨遵从威尔逊的以下建议：“购买完整的新鲜食品，从你信任的人那里购买，如果他们就住在附近，情况会更好；自己烹饪，要了解食品中所含的各个成分，这样你在碰到假货时就能分辨真伪；另外，还要敢于揭穿骗术。”

一天云锦风在下(一)

——罗斯笔下的中国和中国人

明清两代的来华传教士不仅带来了一些中土士人闻所未闻的“奇技淫巧”，也将他们脚下这块土地上的人和事通过书信、自传或回忆录的方式传至西方。时至清末民初，包括商人、学者、外交官和工程师在内的诸多西方人借助于所签条约之便利得以在中国四方游历，也留下了大量反映那个时代中国社会的珍贵历史记录。百年后重新回望和审视这些由外人所撰写的“中国近代史”，不得不感叹“旁观者清”这四个字所涵蕴的正能量！由美国著名社会学家、美国社会学奠基人罗斯(Edward Alsworth Ross)于1911年出版的《变化中的中国人》(公茂虹、张皓译，中华书局2006年版)就是这样一部反映20世纪初中国社会真实场景以及亿万民众生存状态的佳作，也是辛亥革命时期西方观察中国的代表性作品。虽然时过境迁，但罗斯在书中的有些论断至今读来仍如空谷足音，发人深思。

先来看看罗斯的履历。罗斯全名爱德华·阿尔斯沃斯·罗斯，1866年12月12日生于美国伊利诺伊州。1891年获得霍普金斯大学政治经济学专业的博士学位(Ph. D)，在校期间曾副修哲学和伦理学。其后直至1951年去世的半个多世纪内，罗斯作为学者主要先后任教于印第安纳大学、康奈尔大学、斯坦福大学、内布拉斯加大学和威斯康星大学，并于1892年当选美国经济学会秘书长。他在社会学、优生学和犯罪学这三个领域皆有涉猎，造诣不凡，公开出版的著作达数十本。其中，《社会控制》和《社会心理学》两书最具影响力，前者首次从社会学意义上使用社会控制这一概念，而后者则被视为社会心理学这门学科正式产生的标志。

不论其他，仅就学术而言，罗斯无疑是19世纪末至20世纪中叶美国学界的一位重量级人物，但罗斯绝非只是呆坐书屋不闻窗外事的冬烘先生，他视社会学为社会改革的一种武器，并力图使其与社会进程、文化传播发生关联，以求整体推动社会进步。简言之，罗斯以“进步学者”的身份扬名于美国学术界。1910年前后，罗斯不远万里来到中国，一待就是二十年，《变化中的中国人》便是罗斯于1911年以英文出版的一本记叙游历中国所见所思的书。

“中国就像是中世纪欧洲在东方的再现。”罗斯开篇首句即以极为简练的笔法将当时的中国比作欧洲历史上的中世纪，这不啻是作为社会学家的罗斯基于自身学养对中国和欧洲历史发展比较后所得出的结论。从历史的角度看，中世纪欧洲虽然并非如后世某些史家以“黑暗的中世纪”之类污名所刻画的那样丑陋，但其与16世纪以后迈入近代社会的欧洲在诸多领域内存在差异却也是不争的事实。既要承认历史发展有其渐进、连续的一面，也要把握突变和跃迁。事实上，罗斯在此言简意赅地指出了中国社会自1840年以来虽已经历“三千年未有之大变局”，但在实质层面，中国还是一个类似于欧洲中世纪的传统社会，距离现代仍然有着很长的路要走。

城市化是衡量一国现代化程度的重要标志。现代城市不仅经济发达，能够有效吸纳来自农村的富余劳动力，带动以城市为中心的周边地区经济共同发展，而且也建立了配套完善，充分满足市民日常生活所需的各项市政设施，这也是城市对于外来移民的强大吸引力所在。然而，中国城市给罗斯留下的印象却相当不堪，“狭窄、弯曲而又高低不平的城市街道经常混乱不堪，并散发着阵阵恶臭”。一座城市能够正常运转所必备的交通法规也付之阙如，北方的畜力车、南方的人力车和徒步行人共同奔走在中国南北各大城市的狭窄街道上。虽颇具人与动物之间的相处和谐，但这幅图景却也说明了中国城市的无奈！

不仅交通如此，中国的城市也缺乏公共供水系统，市民只能喝未经净化的河水。遍及每户家庭的公共照明系统同样在中国城市不复存在，城里人和乡下人在这方面基本一致：日出而作、日落而息。公共绿地和休闲娱乐设施对居住于中国的城里人来说简直是天方夜谭！

与城市相比，中国的农村也好不到哪去。“成堆的垃圾、臭烘烘的粪坨、浑浊的水污、脏兮兮的泥坑、垮塌的屋顶、坍圮的墙垣、破败的草屋和散乱的碎石”，这就是罗斯见到的中国农村景象。但就是在这样极为恶劣的环境中却生活着亿万农民！罗斯进一步深究城市与农村在中国的互动关系。与西方城市不同，中国城市更像是由一些小团体所组成的集合而非经市民社会充分发育后的产物。因此，中国的城市与农村并未因高高的城墙和厚重的城门而断绝往来，两者联系紧密，实为一密不可分的整体。有相当一部分城市居民进城来的目的并非在此扎根长住，而仅仅是想利用农闲时节进城揽工以贴补家用，以养活更多的人口。一旦农忙，这些人也将各回各家，重操农事。

与一般所谓“文明论”的陈词滥调不同，罗斯认为导致中国长期落后的原因与它固有的文明和制度关系不大。进而言之，曾在西方盛行一时的种族优劣论在罗斯看来无疑将问题过度简单化和极端化，并没有反映问题的实质。在他看来，中国和西方分属两种不同的思维方式，很难分出高下优劣，反倒是要以“了解之同情”去看待中西之间的差异。或许这样，西方人才能真正了解中国人。“未来人类文明的领军者和推动者绝不仅仅是白种人，还有黄种人。”

在此思想指引下，罗斯大胆提出人地矛盾才是阻碍中国健康发展的首要原因。推展开来，罗斯的观点其实包含了两个方面。

一方面，人口数量的无节制增长，而能够被人类所使用的土地数量在一定时期内相对稳定，并不会突然激增或急剧锐减，这在无形之中加重了土地的承载负担，中国人也就此不得不面对"僧多粥少"的尴尬局面。为了自身及其家人能够生活得更好，多数中国人为争夺本就有限的资源而展开生死肉搏。罗斯正告国人，"如果中国不能对现有社会体制下人口的激增进行有效控制，以至于国民财富的增长跟不上人口增长的速度，那么即便中国的经济水平已经达到了西方国家的发达程度，中国人民的生活质量也不会有丝毫提高"。可惜的是，百年后的中国不幸被罗斯所言中！

另一方面，由于土地数量有限，为了能够活下去，中国人可谓想尽一切办法，大量利用自然资源成为自古以来中国人的不二法宝，由此所造成的环境污染和生态破坏延续至今，令今天的中国人头痛不已，洪水、干旱、泥石流以及近段时期以来肆虐全国的雾霾天气已然成为我们生活中不可分割的一部分。

罗斯在书中披露了各地大量触目惊心的环境问题。"在直隶北部接近热河的区域，几年前还十分茂密的森林遭到了大规模砍伐，这其中包括大量质地优良、树干笔直的松木，这些木材如果被用做电线杆的话，足可以架设起几千英里的电线。但人们却选择用弯曲的柳树架设电线，把这些优质木材丢在一边任其腐烂。""西江两岸的山坡不断遭到侵蚀，形成了一道道沟壑，草木下的红土泛着血色的光芒。福建沿海的山丘几乎已经找不到泥土的痕迹了，剩下的只是光秃秃的岩石。""中国人生活状态的一个最重要特征就是他们会采用粗放而又无情的方式利用自然资源，他们消耗所有可以利用的自然资源去维持最低的生存需要。"面对这些问题，当时的政府官员不仅不作为，而且从中捞取各种好处，基本无视子孙后代的永续发展。

如此恶劣的生存环境，中国人却也要生活下去，可以想见其中的艰辛与不易。因此，罗斯将中国人的生活归结为“为生存而挣扎”，这真是一语中的。从中国人最看重的一日三餐到平日里招呼寒暄时经常挂在嘴边的“吃饭了吗?”“你在哪混饭吃?”都可一窥饥饿对中国人来说意味着什么。一定程度上，每个中国人内心深处或多或少都怀有对饥饿的恐惧。如果一个有工作的人遭到解雇，无异于晴天霹雳，这就等于直接从他手中夺走饭碗。多数中国人也故而信奉物质主义，“物质主义的根源在于经济条件上的窘迫”。即便如此，中国人依然保持了相当程度的稳定性。中国人保守、沉稳、老练、自制，不会轻易表态，但一经决定却也果敢勇决、坚持到底，这就是罗斯眼中的中国人，虽让人感觉有些压抑，但却不至于沉闷。

罗斯来华旅居时的中国已处“黎明前的黑暗”，不久后的辛亥革命推翻帝制，建立共和，中国由此进入一个新时代。作为观察者的罗斯异常敏锐地注意到中国社会中的诸多异动及其对改造中国社会所产生的深远影响，有别于传统体制下以科举入仕为目标的教育，晚清各地纷纷兴起的新式教育尤为显著，也最被罗斯所看重。“对于新式教育的热情就像野火一样在中国社会中蔓延开来。”清末政府以及各地绅商纷纷出资办学，大家都已然意识到旧式教育无法培养真正意义上的现代化人才，中国需要大量懂得西方军事、科技、经济的各类专门型人才，而这些是过去几千年来那些熟读儒家典籍的读书人所不具备的。罗斯断言：“只有接受过新教育并且推崇新风俗的一代新人出现在中国舞台上的时候，这个民族蕴含在内心深处的真正力量才能释放出来。”

对于近代中国而言，教育不仅担负着教授新知、传播西学的重任，同时还具有启蒙民众的重要作用，尤其是对移风易俗、解放妇女贡献甚巨。

罗斯深感中国女性几千年来因为受到来自各方面的压制和束缚

而在她们心灵上留下了永远的伤痕。她们出嫁前需听从父亲的指令，成为别人妻子后则在很大程度上成为丈夫摆布的工具，即使丈夫去世，她们也仍要服从儿子。相比于男性，中国传统女性没有受教育的权利，整日静坐于家中房内，不许与外人，特别是与陌生男人接触交流。但这些都非女性自愿，而是为了迎合男性的审美需求和心理期许。

罗斯特别提到缠足对中国女性生理和心理上的双重打击。在他看来，这种对女性几近病态的折磨不仅毫无美感，而且也使女性基本丧失劳动能力，就连走路对于这些小脚女人来说也变得异常困难。但西方思想的传入和新式教育的普及也使得一部分开明之士意识到缠足对于女性身心的危害性，在他们的呼吁下，多地纷纷组织"天足会"，倡议女性放脚，享受自然生长的乐趣。不仅是缠足，新时代的来临也推动女性不再满足拘泥于厨房厅堂的狭窄空间，开始走出家庭，步入学校和男性一同接受教育，并在双方自由恋爱的基础上自主选择婚配对象而非一味由父母包办。可以说，新式教育传入了新思想，使女性呼吸到了新空气，自主意识也逐渐得到提升，而女性的解放有助于最终促进整个民族的觉醒和内在潜能的开掘。

谈及禁烟，罗斯痛陈吸食鸦片对中国人体质和性情所造成的巨大伤害，"他们的懒散、痛苦和堕落已经到了一种难以形容的程度"。但在罗斯游历中国的时代，中国已经有几千万人口在吸食鸦片，这里面竟包括大量妇女在内，鸦片烟枪的数量甚至非常荒唐地成了衡量一家经济水平的重要标准。那么，中国人为何会如此迷恋鸦片？

罗斯认为这除了有不平等条约的因素外，也和中国人日常生活中极度缺乏休闲和娱乐有关，大多数中国人在一天劳累之后只有通过鸦片来得到休息。"促使中国政府最终下决心不惜牺牲巨大财力开展广泛禁烟斗争的原因并不在于同情鸦片给人们带来的摧残和痛苦，而是因为西方强权让中国真正认识到了自己积贫积弱的危险现状。”对此，清政府最终于 1906 年颁布禁烟令，但法令在实际执行过程中却遭遇来自地方官僚的搪塞应付，部分烟农为了私利也不惜铤而走险，选择一些偏远之地继续种植罂粟。真正让罗斯看到禁烟希望以及中国人公共精神提振的是来自各种禁烟团体的不竭努力，“那些改革者和爱国者深刻意识到，如果中国不能消灭残害民众身心健康的鸦片，就会有沦为这个世界附庸的危险”。

罗斯虽然在他的书中给予中国人以设身处地的同情，但同样，罗斯高度赞扬西方人，特别是当时在华的各国传教士对中国社会从传统迈向现代的过程中所扮演的重要角色。传教士禁止信众吸食鸦片，开办戒烟所和学校。更有意义的是，基督教使中国人找到灵魂慰藉之所和信仰归途。毕竟儒家思想说到底并不是宗教，而道教已然沦为一堆迷信的大杂烩，佛教则只留下无数肮脏、破败的寺庙。“只有在修道院中，人们才能偶尔回忆起信仰的悠久传统。”传教士通过他们的宣教实际上为中国人打开了一扇通向外面世界的窗户，而中国人个体的转变将推动中华民族的整体性转变。

罗斯进一步以英、美两国为例子表明在华传教士活动的不同侧重点，前者基本局限于翻译和传播福音领域，而美国传教士则把重心放在了医疗和教育上，尤其是高等教育，从而不仅为中国人医治病体，同时也培育新时代所需的各式人才。用罗斯自己的话来说，“具有民主信仰的美国传教士却渴望在所有领域都能给中国提供援助”。此话虽有溢美之嫌，但回溯中国近代教育史则可发现罗斯的判断基本属实，美国教会创办了包括燕京大学在内的一大批教会大学，从中走出相当数量的人才服务于 1949 年后中华人民共和国的各项建设。

作为社会学家，罗斯在仔细观察之余也不乏对未来中国社会走向的思考，甚至可以说是准确的预言。“本世纪的后半期中国将开始与我们进行经济竞争，那时，整个世界的政治形势也会随之发生改变”，但令罗斯在书中极为痛恨的吃回扣等诸多现象至今依然存在于中国社会的每一个角落中，需要国人时刻保持警醒！

一天云锦风在下(二)

——何天爵《真正的中国佬》读后

改革开放以来，随着以江苏人民出版社《海外中国研究丛书》为代表的一大批西方汉学家研究中国的论著陆续译介至国内，不仅在学理和方法上拓宽了中国学者自身在研究本国问题时的思考路径，而且也使国人开始注意到这些“洋先生”(部分学者其实是华裔)书中描述的中国形象。相比于汉学家的专业著述，传教士、外交官和商人这三类早期来华人士留下的大量论述中国的文字虽在学术体例和专业规范两方面略逊一筹，但由于它们一般都具有较为宽广的视野和顺畅通达的文笔，往往也更具可读性。

其中，外交官这一群体因其工作性质的特殊而又使他们笔下的中国形象有别于传教士和商人。诚如著名学者周振鹤先生为《晚清驻华外交官传记丛书》所写序言中所说：“中国自晚明到晚清，大致完成了从‘中国的世界’到‘世界的中国’的观念的演变。”由于中国古代长期缺乏近代意义上的平等外交观念，中国人上自皇帝下至布衣无一不皆以中国为中心来看待天下。在时人心中，中国就等于世界，中国与其他国家之间的交往只存在所谓“朝贡关系”。

因此，西方外交官的进入某种程度上也体现了中国这一老大帝国逐渐摆脱自我中心而融入世界的步伐，虽然这一步迈出去多少有点不情愿，且伴随着挣扎和痛苦。同时，外交官因享有豁免权而使他们较之传教士和商人能更便利接触到中国社会各阶层(尤其是政府高层),并在交往过程中亲身感受有别于西方的另一套制度建构和文化礼俗,这既丰富了他们的在华见闻,而两相比较后的结果则更使他们加深了对中国的了解和同情,直接助益中西双方的交流。

从这点来看,《真正的中国佬》(鞠方安译,中华书局2006年版)便是这样一部书。该书作者系长期担任美国驻华外交官的切斯特·何康比(Chester Holcombe),中文名何天爵。1869年来华负责北京的公理会教会学校,自1871年辞去教会职务至1885年,何天爵先后担任美国驻中国使馆翻译、头等参赞、署理公使等职,曾参与起草1880年关于华人移居美国的条约以及1882年同朝鲜的签约工作。美国前总统格兰特(Ulysses Simpson Grant)访华期间,何天爵也曾接待陪同,并在处理美国侨民在华经济纠纷和教案方面不遗余力,1885年回国。1895年,时值中国甲午战败,何天爵以他在华生活时的所见所闻为基础出版《真正的中国佬》一书,内容广涉中国的政治法律制度、语言教育文化、社会家庭生活等多个方面。译者在后记中盛赞何天爵此书"是关于近代中国社会的一幅全方位、大视角、内容较为生动丰富的画卷"。

何天爵在前言中坦承,"我们总是喜欢用自己建立的一套标准模式去判断要求他人"。因此,"对于他人,我们需要多一些全面的了解,而少一些心胸狭窄、目光短浅的评头论足"。何天爵所言其实并非仅限于人与人之间的交往,细细思量,国与国之间又何尝不是如此?循此理路,何天爵敏锐抓住横亘在中国与西方之间,阻挠两方平顺交往的一大障碍——外交思维的本质不同。

今人常言外交乃内政之延伸,外交官在国际舞台上纵横捭阖的目的在于最大限度为母国攫取利益(最为显著的莫如经济利益和政治利益),此系以现实主义原则为基础的利益外交。自步入近代以来,特别是以1648年《威斯特伐利亚和约》的签订为标志,首先是英、法、俄、德(或其前身普鲁士)这四大欧洲强国，随后形成以此四国和新兴强国美国共同主导下的国际关系格局。虽时有康德这样的深邃哲人发出永久和平的呼吁，但现实主义因其吻合各国国内民族主义情绪的抬升和殖民主义势力对外扩张的无限贪欲而成为工业革命以来西方国家外交思想的主导形态。受此影响，外交的目的唯有利益，没有道义可言。

相比之下，远在万里之外的中国则不然。由于本身国力雄厚及受儒家学说的长期浸淫，中国人素以“宗主—藩属”的名义来界定对外交往。对中国统治者而言，西方近代意义上的外交概念不仅荒唐可笑，而且赤裸露骨。对中国来说，其他国家好比小弟弟，自己则是大哥。小弟弟只需定期来贡，接受册封即可——这就等于承认了中国作为大哥的地位，至于小弟弟能否给大哥带来实惠则并不重要。长此以往，助长了中国人的骄傲、自满和对外部世界真实情况的无知程度，此一情绪发展至晚清已呈登峰造极之势——尤为表现在对已发生翻天覆地变化的西方仍茫然无知，“中国对于西方各国的特点和其地理位置一无所知，却是确信无疑、不言自明的”。

何天爵以“恒星—卫星”来形象说明中国人思维中根深蒂固的天下中心意识。明了这一点，也就不难理解中国和西方之间为何“绝对没有交往的共同基础，也绝对没有彼此认可的共同的利益支点”。随着1842年中英《南京条约》的签订，中国虽然一方面被迫打开国门，从沉睡中醒来，但另一方面却也因为从之前几千年来已经习以为常的傲视四方变为俯于人下而产生极度自卑和对西方仇视的心理，这严重影响了中国人对西方的看法和双方交流。何天爵撰写此书的目的即在于以了解之同情向读者展示他所看到的中国，尽可能增进中西之间的互信。

不论中国抑或西方，作为社会基本分子的家庭都扮演着类似埃及金字塔底座的角色。对中国人而言，“家和万事兴”，儒家先贤更是把“齐家”视为一个读书人能否“治国、平天下”的先期前提。因此，中国人高度重视婚姻，“男大当婚、女大当嫁”，而那些“光棍”或“独身”的男女在这个国家内不仅将会受人嘲笑、鄙夷，政府也会把他们打入另册。

然而，何天爵发现婚姻在中国人的语汇中并不意味着新家庭的组建，因为“婚姻并不能解除一名男子对其双亲所担负的责任和义务，更不能够在任何程度上削弱他那天经地义地对父母的服从和赡养”。婚姻的本质并不是男女双方互相爱慕后的自然结合，它更多履行的是为男方传宗接代、延续家族香火的责任，而新郎新娘在结婚之前很有可能连面都没见过，“将两人拴在一起的那条婚姻纽带与恋爱没有丝毫的瓜葛”。正因如此，只要一名男性有能力供养，他可以在正妻之外娶妾，这既是该名男性尊贵地位的象征，同时也确保能有男性继承人，这一点对皇室尤为关键。

在家庭内部，男性主导着整个家庭的日常运转，女性则处于弱势和受支配的地位。新娘嫁入男方家庭后便失去了与自己的家及其家人的联系，成为其丈夫家庭中不可分割的一员。作为妻子，她必须服从丈夫以及公婆，特别是要学会处理如何与婆婆相处，并同时承担起相当繁重的家务劳动，某种程度上与一受人使唤的仆役并无二致。只有当产下男孩成为母亲后，她在家庭内部的地位才会有所提高。有意思的是，她也将自己作为媳妇时所受的种种怨气想尽办法全部撒在未来儿子的新婚妻子身上。“斗转星移，她也会变成几个媳妇的恐惧之源：她会向她们作威作福，把她在做小媳妇时忍气吞声遭受的一切苦难和折磨，再重新发泄到自己的儿媳们身上。”

由于儿子结婚后仍与父母居住在一起，这就很容易发展为几世同堂的大家族。即使儿子新建房屋，新屋也离父母所居之地不远，遂逐渐形成聚族而居的地域分布，一村之内也大多具有亲缘关系。何天爵认为这塑造了中国人安土重迁、不到万不得已绝不逃亡的浓厚乡土情结。“中国人与自己的家庭、家族的联系十分紧密和强烈”，“中国人是一个酷爱自己家乡的民族”，这种感情甚至发展为宗教意义上的崇拜，而每个中国人从其一生下来就被父母教育要在长大后做一番事业，以此“光宗耀祖、父母显荣”。

何天爵在论述令西方学者感到无比困惑的中国政府时，注意到家庭与政府之间的联系。“家庭是一个具体而微的世界，扩而大之但内容不变的话，它就形成了整个清朝帝国的权力阶层。每个家庭连同它的独裁家长就是一个权力单位。”居于这一权力顶峰的是皇帝，他同时也是全国百姓的大家长，其权力来自天命的赋予，并作为连接上天与众民的枢纽。也就是说，在中国政治伦理话语下，皇帝不仅仅是最高权力的拥有者，也是能“知天命”的大祭司。维系这套体制的则是建立在血缘关系基础之上的宗法制，家长制则是其合理延伸，因为在宗法制之下，父母长辈享有对孩子的无限权威。因此，家庭内部的孝道也被皇帝推而广之运用于治国，臣民对待皇帝应像对待自己的父亲那样，孝顺与忠诚在此合二为一。

何天爵以总结性的口吻认为，“宗法制观念是理解中国整个政治制度的最重要的一块敲门砖，它是这一体制中最基本的理论根据”。因此，西方人已经非常习惯的保护人权、政府架构中的三权分立以及政府权力来自民众等观念并不存在于中国人的头脑意识中，这是两套完全不同的政治演绎逻辑。行文至此，必须承认，何天爵对中国的宗法制以及相关政治制度的观察大体符合历史事实，既未过度颂扬也没有因为不解而肆意贬低。何天爵能有如此到位的认识在当时(即便是现在)的西方人中并不多见，其论述并不逊于某些西方专业汉学家。

在中国政府的治理模式下，官民关系又呈现出怎样有别于西方的图景？

何天爵首先承认中国拥有一套相当完备而成熟的官僚系统以及

各种监督官员行政的法令、措施，这些都旨在保护民众权利和防止官员的渎职行为。比如异地为官和由秦始皇开创的御史监察制度等。但问题在于这些制度在实际运作过程中却状况连连，并未能起到它应有的功效。一个很重要的因素在于中国官员的俸禄普遍严重不足，仅靠那点薄薪无法维持一个官员比较体面的生活。

在此情况之下，官员只能通过各种灰色收入来补贴用度。长此以往，由于生活所迫，官员渐失儒家典籍中所强调的读书人应胸怀天下苍生的高尚情怀，做官也降格为纯粹谋生所需的逐利行为。加之中国人偏于务实的民族性格，即使面对官员的无理盘剥甚至明目敲诈，民众只要觉得自己尚可承受便也一般选择隐忍默认。毕竟，对一介草民来说，生活安稳最重要，没必要为了那点钱而与官府过不去，其实吃亏的还是自己。

“每一位官员都有权从他为百姓服务的项目中，收取相当数量的特别劳务费。”若将此问题置于“大历史”中进行考量，它反映了中国传统社会下为官者理想人格与现实窘境这两者之间的不睦和矛盾。历朝虽然都有海瑞这样的清官廉吏，但大多数官员却不得不在两难中屈尊俯就于所谓“潜规则”。

换言之，国人今日所痛恨的腐败问题自古就有，其产生与延续之久也绝非官员的道德堕落就能敷衍，其背后确有深层次民族性格因子在内。笔者认为：我们不仅需要好的官员和制度，更需要为前者的出现营造出一种包容、开放的文化氛围，剔除各种潜规陋则。

除了官员俸禄问题外，何天爵还注意到生活于乡村的士绅阶层在调节官民关系，引导公众舆论方面发挥着重要作用。他们读过书，享有法定的特权和豁免权，独立于官府而又与一般民众相区隔。“中国的士大夫乡绅阶层素以维护传统的道德说教，古老的习风遗俗和天朝体制为己任”，“他们既偏执冥顽，又狂热盲信”。回望晚清以降这百多年来的历史可以发现，随着乡村士绅阶层自身更新功能的退化，乡村日渐保守、封闭和固化，民众则因失去士绅阶层的理性引导而愈加狂暴、躁动、焦虑和猜疑，这一批批暴民的轮番表演也成就了20世纪中国历史舞台上的“精彩纷呈”，而历史也印证了何氏的先见之明。

令西方人感到困惑的还有中国式法庭。“中国的司法制度可能在世界上具有最古老悠久的历史，而且似乎多少个世纪以来，这一制度并没有经历过什么重大的变化。”中国历史所具有的超强包容能力也鲜明体现在这一绵延已久的司法制度中，高贵与低贱、温情与残忍、程序与勒索，这些看似极具反差意味，但却很好地统一于中国式司法制度下。

与西方相比，传统中国并不存在独立的法官队伍，地方行政官员同时就是一地的法官，并身兼调查案情、查找证据和提出控诉的多重职能，其审讯技巧也无外乎一问、二讯、三拷打，今人所熟知的律师更是被污名化为口舌如簧、擅长辞令的“讼棍”。不论哪一方想胜诉，其必由之路便是通过向官员行贿，使其偏袒于己。这也成为官员“私钱”的主要来源，所谓“明镜高悬”也多是理想情境下的寄托，不能当真！

何天爵更进一步指出“中国的司法制度，正如同其整个的政治体制一样，是建立在浓厚的封建宗法思想基础之上的”。官员在审理过程中则不断以儒家经典中的为人教条试图感化和教导嫌犯，何天爵的此番论述堪称著名学者瞿同祖《中国法律的儒家化》一文观点的先声。

时下虽有不少人认为国人道德素质低下乃因缺乏宗教信仰所致，但中国自古并不乏宗教的存在及其影响。何天爵在书中着重探讨了儒、释、道三家，他认为孔子并不是严格意义上的宗教领袖，儒家所代表的其实是一种伦理道德体系。“很难理解孔子如何被逐渐认可并变成了一个宗教信仰体系的创立者”，“孔子是一位伦理道德的说教者、哲学家，而不是一位宗教领袖；他是一位圣人，而不是一名信徒”。

若翻检《论语》，“未知生，焉知死”，“未能事人，焉能事鬼”，“子不语怪、力、乱、神”等语句都在在表明孔子对现世生活的重视，而对宗教所强调的来生和彼岸世界持明显的怀疑态度。孔子思想的核心在于人如何以平和中庸之道生存处世，而并非要求以绝对信仰的姿态对其顶礼膜拜。

何天爵的论述也在德国著名社会学家马克斯·韦伯那里得到响应。后者在其名著《儒教与道教》中揭诸所谓儒教其实“只不过是一种伦理”，而且是“俗世内部的一种俗人道德”，孔子的思想体系有着非常强烈的生活取向和入世情怀。言及至此，那些穿凿附会，将孔子比附为宗教教主，甚至怂恿官方将儒家树立为国家宗教的做法看似是对孔圣的尊崇，实则是对孔子思想欠缺最基本的了解。

相比于儒家，作为本土宗教的道教以探询宇宙、人、万物和“道”之间的联系为宗旨。至于道为何物，道家经典《道德经》中也只有“道可道，非常道；名可名，非常名”，“道生一，一生二，二生三，三生万物”这样玄奥飘渺、不易捉摸的话。至于在现实生活中，道教则沦为一群江湖卖艺之人和街头算卦者的神符招牌。“曾几何时，道教的布道者们变成了那些玩杂耍、变戏法的人，成了算命先生、成了游荡江湖的医生和骗子。”

作为外来宗教的佛教，在其与中土文化的协调适应过程中一方面从中吸收儒家思想因子，另一方面却也在潜移默化中影响和改变着儒家，直至抵及个人日常生活，这可从遍布中国各地的寺庙中一窥究竟。但何天爵也意识到佛教中迷信的一面对中国人国民性格所产生的危害。“它对于中国整个民族身心的伤害，并导致其素质下降甚至腐化堕落等方面，都具有一种非常可怕和活跃的巨大力量。”

西谚有云：“缺席者永远理屈(拉丁语原文为 Les absens ant

toujours tort)。”近代中国与西方不时爆发的冲突虽有各种我们已经耳熟能详的主客观原因，但也不可否认，中国自身缺少能够在西方人面前从容表达的智者，而能够真正做到理解中国的西方人也属凤毛麟角。从这点来看，仅就以上所述，何天爵也已经很好充当了中国代言人的角色，他对中国人的把握和基于比较视角对中西两方异同所作的分析都值得今人打开《真正的中国佬》一书！

一天云锦风在下(三)

——明恩溥及其《中国人的气质》

历史几乎遗忘了明恩溥。尽管他作为一个基督教新教传教士在中国服务长达五十四年之久，并在世纪交替之际，成为彼时西方最杰出和多产的中国问题专家之一，本文就将重点推介明恩溥《中国人的气质》(佚名译，中华书局 2006 年版) 一书。

明恩溥(Arthur H. Smith)，美国公理会传教士。1872 年来华，先后居住于天津、山东等地，兼任《字林西报》通讯员。1905 年辞去教职，留居通州写作。明恩溥在华生活多年，特别熟悉下层农民的生活，对中国也较有感情，是最早建议美国政府退还庚子赔款的人，并获得美国国会通过。台湾著名教会历史学家魏外扬先生曾于 2011 年清华大学百年校庆时发表《明恩溥——促成留美风气的宣教士》一文，盛赞明恩溥为建立"清华学堂"(亦称"清华留美预备学校")所作的重要贡献。就是这样一位被誉为"在美国的中国代言人"于 1899 年以英文出版《中国人的气质》，向西方读者全面介绍他所了解的中国人。此书影响甚大，以至于美国总统西奥多·罗斯福读毕后在写给明恩溥的一封信中说："我感到我已经超出了我所读的关于中国问题的真实信息，比任何书都多。"

事实上，明氏关于中国的论著远不止《中国人的气质》一本，尚有《我国在中国的传教史》(1883)、《汉语谚语熟语集》(1888)、《中国乡村生活》(1899)、《动乱中的中国》(1901)、《基督之王：对中国概括性的研究》(1903)、《中国之振拔》(1906)、《今日的中国与美国》(1907)、《到中国去的年轻传教士手册》(1918)等。仅《中国人的气质》一书的汉译本目前就已多达七种之多，这无疑又是一本西方人旁观中国的经典之作，不可不读。

明恩溥开篇即向读者介绍“体面、节俭、力行”这一中国人精神气质中最为突出的三个方面。

每个人都有“面”，但中国人却对“面”有着较之西方人独特的理解。“然支那人所谓面(Face)者，体面也，不但谓其头之前面而已也，其意味颇广，不说明之读者不知也，故特设此一章。”旅居中国多年的明恩溥已经体察“面”这一看似简单的语汇在中国人字典里所扮演的重要角色，它已远远超出一般生理学范畴而具有适用于整个民族和国家的普遍社会意义。一个中国人的终生奋斗往往就是为了在众人面前有面子，一旦因某事而失去体面，上自达官贵人，下至平头百姓也都将为挽回面子而使尽其浑身解数，甚至有人为了保全面子而不惜以性命相抵。这种对面子的看重可以说已经深入骨髓，历千年而不衰，已化为中国人民族性格之一端。但究竟什么是面子？明恩溥认为面子颇似于欧洲近代政治家在处理国际关系时孜孜以求的国势均衡，其不以公平为目的，而主以各方势力相当为要务。

中国人也极为节俭。“节俭云者，即整理家政之义，即整理出入钱财之谓也。”比如饮食，对中国人来说，食物只要能养人就行，无所谓营养均衡。“其多数之人民，只以种种米稷与蚕豆、野菜、鱼类等数种之食品，以养其生命。”为了做到尽可能节俭，中国人烹调时讲究用量要少，一切可以利用的都应使之物尽其用而绝不浪费。就以肉食来说，不论马驴骡牛，即便患病而死，只要能咽就都能作为盘中美餐。为了节省纸张，商人账簿用完之后将会被用来糊窗。为了省油，中国人宁愿凿孔置灯。甚至为了节省洗涤材料，中国人可以不洗浴。明恩溥看到了一群极为节省的中国人，虽然生活于普遍贫困之中，但此种节俭的精神，“则我人实不得不称颂之”。

节俭往往与勤勉孪生共胎。孔子曾云“造次必于是，颠沛必于是”，这也成为中国人此后奉守不变的“圣经”。最能体现此者莫过于历朝历代都有的读书人数十年如一日勤奋好学以求取功名的动人故事，晋之车胤囊萤读书、隋之李密牛角挂书即是典例。因此，祖孙同赴科场这种在西方人看来匪夷所思的现象在中国古代却是再正常不过。除了读书人，农夫、手工业者和商人亦每天从早到晚的工作。“夫农夫之粒粒皆辛苦，此地球到处皆然者也。然如支那农夫之勤勉，则诚无此类”，“支那司账者之事业，实无限制，彼极少休暇，其业务之繁忙，只可云时时得吐息之间已”。

不止是士农工商，中国的皇帝虽位极九五之尊，但他按照制度也需在早晨五点开始上朝，最为著名的雍正皇帝就是这样一位勤勉的“公务员”。就全国来说，“如广东之铜匠，福州之锡箔匠，宁波之木板师，上海之赁舂，北部之清棉者、蹈磨者，皆从鸡鸣而至夜半，孜孜从事于职业，其声闻于四邻”。

虽然勤勉，但中国人却极不重视时间的精度，含糊胜过精确。在中国人眼中，时间显得很富余。但在明恩溥看来，“时刻者，金钱（Time is Money）”。中国人普遍没有时间观念，计时是否精确也无甚紧要，一般人只以太阳之高下大概估摸时间而已。因此，中国人说话时无味之话甚多，餐会宴饮之长则更无限制，西方人对此也痛感厌倦。“苟在主人供食之时，则虽如何沉长而不能辞去，是实不堪厌倦者也，且不得不在坐谈话以迁时。”为何中西方对时间会有如此不同的对待？明恩溥认为中国人乃生活于“前世界之人”，而西方人系“后世界之人类”。换言之，近代西方世界已从中世纪的暮鼓晨钟中走出，时间已不仅仅用作报时，同时也与资本主义经济活动相联系。有限时间内勤奋劳作以获取最大利润已成为宗教改革后普通新教徒获取上帝神恩的最佳方式，这种思想观念的转换也成为韦伯《新教伦理与资本主义精神》一书的直接思想来源。

明恩溥进一步将范围扩展至生活中的其他领域，中国人不仅对待时间毫无敬畏，其他领域也无精确之概念，度量衡、货币、测量乃至于地名都莫不如此，即使是印刷出版的书籍中也是错漏甚多，令人不忍卒读。明氏甚至告诫读者——中国人的史书和统计数字最不足信！

明恩溥直言不讳批评中国人所受教育的狭隘，“其所及之范围甚狭，其于人既不普及，其于学又不完全”，中国人也就容易犯“智力浑浊之病”。此外，明恩溥也指出中国教育照本宣科、脱离实际情况，且国民受教育的条件和程度也存在严重的两极分化，富裕之人和贫穷细民所享受的教育几可天壤之别，这导致国人心智中浓厚的“坐井观天”意识。正因如此，西方人在与普通中国人交谈时总感觉双方无法顺畅交流，这除了有思维方式的差异外，也确与大多数中国人所受教育程度的低下有关。

民国著名平民教育家晏阳初先生就痛陈国人患有“贫、愚、弱、私”四大病，胡适先生也在《我们走那条路》这篇文章中以“五鬼闹中华”(指贫穷、疾病、愚昧、腐败和扰乱)来形象比喻。两位先哲都谈到了中国人的愚昧，这显然和教育不足息息相关，而他们的一生也都选定教育救国之路，坚信教育可以增进国民素质、革除陋习，培育梁任公所寄予厚望的“新民”。

环顾世界历史，重视教育、发展教育无不是以德国和日本为代表的后发国家实现赶超现代化的重要手段，国家不仅斥巨资兴办教育，且懂得遵循教育规律，允许教育独立和学术独立，德国的复兴之路一定程度上就可名为在“国兴科教”基础上的“科教兴国”。身处转型期的中国面临多方面困难，但不管如何，应继续重视和加大对教育的投入，再穷也不能穷教育。更重要的是，应让那些懂教育、爱教育的教育家来办学。十年树木呐！

明恩溥此下一连举出中国人性情中的四点缺憾。

其一谓之轻蔑外人。

在中国人眼中，西方人从语言、服饰到风俗无不让人感到奇怪，这多少和前文所说的教育不足及长期以来中国人思维中的华夏中心意识有关。不说古代，即便时至晚清，已经在战争中多次战败的中国人在面对西方人时仍然视对方为蛮夷，仅认为西方人的机器优于中国，也只有像郭嵩焘这样深入西方社会有着自己切身体会和观察的少数人士才具备极为难得的国际视野，但郭氏本人出使英国在其故乡湖南则被乡民和一般士绅辱为“汉奸”和“洋鬼”，也可见当时中国的整体风气仍然十分保守和固化。

但话说回来，虽然是被动和不情愿，但1840年后的中国毕竟已被拖入西方主导下的国际格局和世界秩序，西强我弱是不争的事实。在此“三千年未有之大变局”面前，再高傲的头颅也得认清自己的落后，部分中国人开始一面蔑视外人，而另一面则又谄媚外人，在对待西方人态度上的分裂进而发展为人格的分裂。百年来，中国人不断上演着崇古和媚外交替循环的悲剧，始终未能找到自己在世界之林中的恰当定位。

其二乃公共心之缺乏。

虽然《诗经》中有“雨我公田，遂及我私”的美好描绘，但晚清中国已不复此等公共精神。明恩溥认为中国政府“怠于公务”，民众则“乏于公共心”。明朝东林士人关心国事和天下事的情怀已经荡然无存，取而代之的则是“不问政府如何处理公共之财，苟非直接于其各自之身上之关系而有损失，则视之如观对岸之火，聊无痛痒之感”的犬儒式自保。最下者不仅对公共事务高高挂起，还利用各种机会攫取公共财物占为己有，这已彻底沦为韩非子所说的“五蠹”。实观整部中国近代史，有太多太多的“窃国者”，小到公私财物，大到国家民族，无不成为他们可以交换的利益工具，这实属我中华之不幸！

其三为同情之欠缺。

当一个人缺乏对于公共事物的热心时，又怎能指望他能具备对弱势群体和不幸者的同情？明恩溥认为儒家虽强调仁爱，但现实生活中的中国人却极度缺乏同情心。“摈斥身体之不全者”，“对于精神上之不具者，亦毫不惮举其缺点”，“故妇若不生子，则非难之声不断”。对残疾人、精神病患者以及未能诞下男婴之产妇的鄙视至今犹存！明恩溥书中特别指出妇女和贫民在整个社会中地位的低下，“夫妇女者，为其社会全体所轻蔑，而至贫民，则又甚”。刑罚之严苛同样表明了中国人缺乏同情乃至基本人道，这也是西方人为何执意要求治外法权的一个重要原因。没有公共心和同情心，原子式生存状态下的个人唯有对他人处处设防以保全自己。

生活于此等人际环境，相互之猜疑势所必至，这也是明恩溥所举中国人缺点的第四个方面。中国古代建筑就很好体现了这种相互之猜疑的微妙心理。城墙所代表的是政府对人民的不信任，故筑此高墙以使城乡隔离；农舍房屋之院墙则出于互相防卫之意；即使伟大如万里长城某种程度上不也是民族整体防范心理的产物？互相疑忌不仅有碍沟通与交流，更会延误创新，“猜疑心者，与保守主义相扶持，而妨其采用新事物者也”。

作为中华书局2006年版《西方的中国形象》丛书之一种，《中国人的气质》一书与其他版本不同之处在于它直接以1903年上海作新社译本《支那人的气质》为底本而未请人重新翻译。当时甚为流行的文白夹杂体和译文中极具时代特色的用语（最为显著的如“支那”一词）辅以著名学者黄兴涛先生对文中若干语词所作的精准校注，今日读来真有时光倒流之感，这也更能体现该书的经典意味。

一天云锦风在下(四)

——伊罗生《美国的中国形象》读后

一国民众在特定时期内对他国拥有怎样的形象一定程度上可被视为两国关系的“温度计”和“晴雨表”，而若将此形象于不同时期内的变迁轨迹彼此联结，不啻为一部简明的两国关系史，“阴晴圆缺”一目了然。

作为目前世界上有着巨大影响力的两个大国，中美关系不仅牵扯双方，同时也是国际关系大家庭中的重要组成部分，攸关世界和平与发展的大局，而美国的中国形象变迁则多少能够说明两国双边关系的发展与走向。自美国 1776 年独立建国以来，中美关系历经风雨，既有互为好感的蜜月期，也不乏剑拔弩张之时。可以说，每一时期中美关系的变化都为随后美国民众眼里的中国形象变动预留了伏笔。一旦形成某种固定形象，短时期内也将很难改变，而且反过来会对美国政府的对华政策产生影响和冲击(正负两面都有可能)。

站在 21 世纪回望这两百多年来的中美两国交往史，中美关系能有今天这样较为良好的局面应该感谢那些为促进两国交流、沟通，增进两国互信、合作而努力的各方友好人士。在这一长串名单中，哈罗德·伊罗生(Harold R. Isaacs，也译艾萨克斯)理应占有一席之地，这不仅因为他是 20 世纪中美关系的亲历者，更运用其“健笔”，以美国的中国形象为切入点记录下自己对中美关系变迁的思考，亲历者外又添一阐释者角色，可谓身兼两任！

伊罗生1910年出生于美国曼哈顿西区的上流社会家庭，系立陶宛犹太人后裔，父亲为富裕的房地产商。1929年，十九岁的伊罗生进入哥伦比亚大学新闻学院。在大学期间，伊罗生利用哥大的丰富馆藏仔细研究了西方各国在中国的大致情况。大学一毕业，伊罗生就来到中国，以记者身份服务于多家报纸，并于1932年创办《中国论坛报》。1935年返回美国，从1943年起至1950年担任《新闻周刊》副主编，1963年以后则供职于麻省理工学院，专门从事中国和亚洲问题的研究，并出版多部著作，计有《国民党反动的5年》(1932)、《中国革命的悲剧》(1938)、《亚洲殊无和平》(1947)和《心影录——美国人心目中的中国和印度形象》。

在中国，伊罗生这个名字在很长时间内是禁区。爱尔兰大文豪萧伯纳(George Bernard Shaw)当年访问上海时，宋庆龄在其寓所宴请，出席作陪的有鲁迅、蔡元培、史沫特莱(Agnes Smedley)、林语堂和伊罗生，他们七人在寓所阳台上留下一张历史性合影。可是，"文革"前和"文革"期间所发表的这张经过技术处理后的照片上只留下前五人，林语堂和伊罗生则消失无影。直到"文革"结束后，由宋庆龄出面安排，伊罗生才重新得到访华邀请。《美国的中国形象》(于殿利、陆日宇译，中华书局2006年版)内容节选自《心影录——美国人心目中的中国和印度形象》一书的中国部分，该书后来被广征博引，成为美国亚洲研究的经典著作之一。

伊罗生将美国对中国的看法划分为六个阶段：尊敬时期(18世纪)、轻视时期(1840—1905)、乐善好施时期(1905—1937)、赞赏时期(1937—1944)、清醒时期(1944—1949)、敌对时期(1949—)。与美国大多数汉学家多以历史文献为主要材料的研究方法不同，伊罗生在《美国的中国形象》中运用了社会学研究中的调查法和统计法，主要材料全部取自对一百八十一名美国人的访谈，"这项调查是关于美国人对中国，尤其是对中国人的看法和影响的”。为了尽可能准确反映美国人的中国形象，伊罗生在选取访谈对象时可谓煞费苦心，他并未随机选定访谈对象，而是依据特定领域的重要职位、涉及亚洲事务的程度、获得方式和途径(比如通过旅游和个人交往、书本和文字知识)这三大标准来选择访谈对象，并且有意识地选择了一些妇女和黑人作为补充。伊罗生的目的在于弄清“对这个迄今仍很遥远的国度和人民，美国人的脑子里究竟存在着什么看法？有什么概念？有什么印象？”

“如同中国的名川大河常涨常落并不断改变入海路线一样，中国人在美国人心中的形象也经历了一条漫长的变化历程，从马可·波罗到赛珍珠，从成吉思汗到毛泽东。”伊罗生此举意在说明美国人的中国形象往往就在这两者之间摇摆，不存在某一单一形象长期居统治地位。“任何一种形象都从未完全取代过另一种形象。”这两种形象并非相互排斥，而是一体共存，“一经周围环境的启发便会立即显现出来，毫无陈旧之感”。整个18世纪，以建国先贤为首的美国人对遥远的中国充满钦佩和尊敬，伊罗生也以此为起点展开此下两个世纪中国形象变迁的讨论。

“在许多人的心目中，中国人是一个优等民族，这一观念是与对中国人古代文明、它的漫长岁月和它那悠久辉煌的有力形象密切相关的。”作为欧洲启蒙思想在北美殖民地的信仰者和传播者，富兰克林(Benjamin Franklin)和杰斐逊这两位美国开国元勋将遥远的中国视作文明与富强的象征，两人之中，富兰克林大量购置中国书籍，研究中国的社会结构，甚至考虑派遣美国年轻人前往中国学习，而杰斐逊则一直在思考中国的“自然贵族统治”。是时，丝绸、染料、瓷器、涂料、颜料以及中国服装、饮食、戏剧乃至魔术杂耍都成为18世纪美国上流社会中的“宠儿”，精致和典雅成为人们口中频频出现的赞语。

伊罗生并未局限于美国本土，他注意到从 17 世纪后期直至 18 世纪，来自中国的文物制度和礼教习俗对当时的欧美思想界产生不小影响，以伏尔泰和魁奈(Francois Quesnay)为代表的法国启蒙思想家纷纷将目光投向中国，将中国视为文明开化之楷模，以反衬欧洲，特别是法国的黑暗。因此，欧美国家曾在一段时间内把中国树为榜样。

然而，随着英国于 18 世纪末率先完成工业革命以及 19 世纪上半叶工业革命在欧洲大陆和美国的逐步开展，这股对于中国的崇敬之情也在蒸汽机的轰鸣声中很快消逝。对此，美国著名汉学家史景迁(Jonathan D. Spence)一语道破其中天机：“无论 18 世纪的西方人曾经怎样真心实意地赞美中国的装饰品，西方人热衷于购买中国的陈设品、瓷器、墙纸以及丝绸品的‘中国工艺品时期’，随着沸腾的、一日千里飞速发展的早期工业革命以及铁路时代的来临而消失了。”随后漫长的 19 世纪，包括美国在内的西方国家对中国的态度由崇敬转为轻视，中西交流格局中的原有地位也被彻底颠覆，美国的中国形象也随之进入下一阶段——“轻视时期”。

整个 19 世纪的一百年，西方国家蒸蒸日上。美国也逐步由地区性国家渐向世界性大国迈进，其经济实力于第二次工业革命时已经超越英国成为新的“世界工厂”，而中国则在 19 世纪面对英、法的坚船利炮时迅速败下阵来，1844 年中美《望厦条约》的签订成为此后中国和法国以及其他国家订立不平等条约的范本。“自此以后开始用武力惩罚中国人的顽固不化：这就是‘炮舰时代’和‘不平等条约’的开端”，“在绝大多数西方人的眼中，这一历史时期的中国人形象是苟且偷生和无助的，并几乎可怜到了无以复加的地步”。

在此大背景下，美国的中国形象也由之前的“优等民族”降格为“劣等民族”，中国人成了弱者、无个性特征和残忍的集合体。19 世纪 40 年代加利福尼亚金矿的发现刺激了中国人移民美国的热潮，但早期移民多以淘金和修筑铁路为业，虽为美国经济发展作出重大牺牲，但美国人对华人移民的态度却主要取决于他们自身的需要这一实用目的。当淘金热降温以及铁路修筑完毕后，华人便遭到来自美国政府和民间的双重排挤，而国会于1882年通过的《排华法案》可谓此一排斥心理发展的最高峰。也因中美双方地位的变动，美国国务卿海约翰（John Milton Hay）1899年提出“门户开放”政策时，中国很自然地成为这一政策计划中的“受保护者”，中国的发展离不开来自美国的“乐善好施”也成为1905年至1937年全面抗日战争爆发前美国中国形象的主基调。

相比于19世纪的蔑视，乐善好施至少在程度上有所改观，这主要与美国自身国际地位的上升有关。相比于英、法，20世纪初的美国已经完成从农业社会向工业社会的现代化转型。绰号“泰迪熊”的西奥多·罗斯福总统踌躇满志，从打败西班牙占据古巴和菲律宾到调解日俄冲突，罗斯福和美国精英们试图通过各种途径向世人展示美国这只北美“雄鹰”的无比威力，这之中自然也包括对遥远中国的“宣威”——要使中国感受到美国与其他国家的不同乃至温暖。因此，中国在这一阶段对于美国来说是一个有吸引力的民族。“新的光线开始照耀在美国人对中国人的印象上；美国人对中国人的看法开始有了改变，并形成了新的、更友好的情感。”

伊罗生认为传教士在其中扮演着重要角色，这一时期也被作者认为是传教士在华的“黄金时代”。大批美国传教士来到中国，虽教派各异，但都从事除传教外的教育、慈善和医疗等工作，传教士也借此与上自中国政府高层，下至布衣百姓建立起有效沟通和联系的渠道。“事业的崭新和快速的增长，将众多的传教士们置于与相当的数量的中国人直接的上下级关系中。”传教士本意在于以基督之爱感化众生，但其实他们最后所起的主要作用却并不在宗教方面，而在于通过自身观察和笔触向美国和西方发回了有关中国的第一手讯息，何天爵《真正的中国佬》、明恩溥《中国人的气质》和《中国乡村生活》便是这方面的杰作。

此外,“一战”后的二十多年内,来自美国的商人、外交官、学者、新闻记者或只是普通旅行者纷纷前来中国,高峰时期约有一万三千人之多。这些人和传教士回国后成为所谓“老中国通”,他们对中国生活的留恋以及对中国社会的同情使他们成为中日战争后坚定的同情中国者。在这些人中,不得不提美国著名作家赛珍珠(Pearl S. Buck)的贡献。“在所有喜爱中国人,试图为美国人描述并解释中国人的人当中,没有一个人能够做得像赛珍珠那样卓有成效。”这位在中国长大的女作家凭借《大地》这部描写关于一位中国农民和他的妻子以及他们与逆境、人类的残忍和自然界抗争的小说一举获得1931年诺贝尔文学奖。该书的影响力之大以至于它对中国人“自身新的、更亲密的、更有感染力的写照”取代了“大多数美国人自己想象出来的中国和中国人形象”。这些因素的叠加都为中美关系在1937—1945年步入蜜月期奠定基础,而美国则以赞赏的目光注视着中国在对日抗战中的英勇表现,中国形象也进一步跃升至“崛起的英雄”。

如将时间拉长,中国人从1931年“九一八”事变至1941年日军袭击珍珠港这十年内面对强敌日本的抵抗,借助于报纸和电影(特别是新闻纪录片)的广泛传播在美国民众心中留下深刻印象。伊罗生也坦承“在这些年中,涉及中国的事件给我们现在正在考察的这些人留下了最直接的影响”。如将视界放宽,“中日战争”“入侵满洲”和“袭击珍珠港”成为改变美国人对中国看法的关键事件,“光荣孤立”暂时被搁置一旁,它们将美国与中国以及世界其他地方紧密联结,使以中、苏、美、英四国为基础的战时同盟成为可能。“这些事件不仅标志着美国和亚洲历史中的一次重大转变,它们还构成了整个历史的一次转变的一部分……把他们从他们珍爱的隔离状态强推到对世界事物的勉强介入。”

中美战时友谊除了各自国家利益所需外，也少不了双方人士的努力。伊罗生特别提到富兰克林·罗斯福总统个人对促进两国友好所作的贡献。相比于那位远房亲戚——西奥多·罗斯福总统对中国采取的沙文主义态度，前者对中国有着浪漫的看法，这得益于其母亲家族主要从事中国贸易这一事实，“他向来不厌其烦地向访问者讲述这些，当中国主题适宜时是如此，当它不适宜时常常也是如此”。中国方面则要为时任驻美大使胡适先生记上一功，胡本人的儒雅风度和渊博学识通过他的全美巡回演讲极有助益于中国形象的改观。

然而，好景不长。随着抗战接近尾声，中美两国结束蜜月，合作中龃龉不断，矛盾增加。怀疑和不信任也使美国人开始真正认识到中国并未因抗战和美国的帮助而朝着他们所预期的方向发展，相反，美国人的良好愿望在战后国民党政权的贪污腐败和“劫收”中完全落空。“短暂的迷梦时光很快消逝，随后，就像子夜的最后一声钟响，它们消失了，同时梦幻地消失了。”“国府”在不到五年内的迅即崩溃也加速了美国对华政策的失败，中华人民共和国的建立逼迫美国必须重新认识中国，并检讨所谓“谁应该为丧失中国负责”这一颇为讽刺的历史问题。冷战大背景下的高度敌对也主导了1949年后长达二十三年内的两国关系，“共产中国”“红色中国”等带有极强意识形态色彩的描述也成为这一时期内美国中国形象中的高频词汇。

“在一个多世纪的时间中，超乎寻常多的美国人把他们自己看作是中国和中国人的仁慈守护人和恩人，看作是救星、教师、医治者、保护者，看作是热情而忠实的朋友和钦佩者。”笔者认为，伊罗生此话可谓一针见血。回顾中美两国关系史，由于客观原因所致，两国长期处于实力不对等的境地，中国的“小弟弟”角色也更加激发了美国这一“大哥哥”之于中国几近宗教信仰般的“救世”情结。不论其目的如何，仅就过程和结果而言，这种居高临下的俯视姿态也导致美国事实上很难真正“进入”中国，这不仅使美国自身感到困惑——为什么中国人无法理解我们的“善意”？同时，也使中国人深感美国的言行不一致和骨子里深藏的民族优越感，“美国人在中国的表白和美国人在中国的实践之间的差距，是一件复杂得多的事情”。

在全球化的今天，中美作为“地球村”的重要一员，两国在政治、经济和文化等多个领域都需要对方的默契配合，这一方面深刻反映了世界多极化后的国际政治格局，另一方面也是中国自身实力提升后的必然。不论是美国的中国形象还是中国的美国形象在未来的变迁都有赖于两国间加强平等交流、提升互信，这也是阅读伊罗生此书最为显著的当下意义！

一天云锦风在下(五)

——罗伯茨《十九世纪西方人眼中的中国》读后

相比于本身就意味着智慧的哲学，历史作为已经发生的过去既无法如科学实验般重复，也不可能就某些天机玄思主动昭示后人，这在一定程度上也坐实了“历史是任人打扮的小姑娘”这句看似戏说实则暗含深意的形象比喻。正因如此，作为“桥梁”的历史学家才显得十分必要——他们的研究也将尽可能地沟通过去与现在。历史的意义不单单为后人提供了一座座“纪念碑”，更重要的还在于通过对历史的品读而能够对当前有所裨益。英国大哲弗朗西斯·培根(Francis Bacon)即有“读史使人明智”的名言。换言之，亲近历史有助于一个人的神智清明，并能从历史中汲取经验和教训，《十九世纪西方人眼中的中国》(蒋重跃、刘林海译，中华书局2006年版)就是这样一本能为国人提供智慧的佳作。

该书作者约·罗伯茨(J. A. G. Roberts)系英国著名汉学家，1935年出生于南安普顿，先服兵役，后进入牛津大学，1959年获历史学学士学位，此后四年任职于马来西亚。1964年赴美国加州大学学习中文，之后回牛津大学攻读博士学位。罗伯茨长期任教于哈德菲尔德大学，主要从事中国历史的教学和研究工作。除该书外，还编著有《二十世纪西方人眼中的中国》《中国历史——从史前到1800年》和《现代中国》等书。《十九世纪西方人眼中的中国》是罗伯茨把

19 世纪在中国的外国官员、军人以及传教士等写成的有关中国的文章或书籍进行分类摘编而成的一部著作，内容涉及中国的政府与法律、宗教与科学、社会生活、妇女和儿童等诸多方面。该书最为值得欣赏之处在于罗伯茨通过这个分类系统的编排，把共时性与历时性很好地结合起来。

西方的中国形象问题一直是海外汉学研究中的热门话题，因为形象成型与变迁的背后其实蕴含了中西方基于自身需要而对另一方的“自我建构”。据学者研究，如果从《马可·波罗游记》问世算起，西方的中国形象已经有七个多世纪的历史。以 1250 年前后为起点，以 1750 年前后为转折点，西方人建构的中国形象大体可以分为乌托邦化的中国形象和意识形态化的中国形象。其中，乌托邦化的中国类型又可分为三种类型，即“大汗的大陆”“大中华帝国”“孔夫子的中国”，其对应的历史时期大致为 1250—1450、1450—1650、1650—1750，这个时期恰好是西方社会文化从中古进入现代的过渡转型期。

随着西方启蒙运动的发展和现代性的确立，中国形象也相应出现了彻底的转型，从社会文化想象的乌托邦变成意识形态，中国形象沦为“停滞衰败的帝国”“东方专制的帝国”“野蛮或半野蛮的帝国”，而此三者也成为自 19 世纪以来西方中国形象的主调。窃以为，“19 世纪西方人眼中的中国与今日的中国，与今日的中国人，与今日中国人的生活和思想，仍有着难以割断的联系”。可以说，罗伯茨此书为我们增进对这一问题的认识提供了线索。

马戛尔尼(George Macartney)使华虽然未能达到预期的建交通商目的，但包括马戛尔尼本人在内的部分使团成员却留下弥足珍贵的文字记录，“这次使命的记录提供了有关当时中国的详细资料”，他们对中国的评价也成为“未来对中国评价的起点”。罗伯茨也将他们作为 19 世纪西方中国形象的首批描绘者。

“所有与我们有过交往的中国官员都表现出极文雅的礼貌和不甚

诚实的高贵的教养。尽管我们有所提议就会立即得到口头同意，可事实上，他们又总是编造出种种巧妙的借口来拒绝我们，由此使我们深感失望。”这是马戛尔尼在其《出使中国》一书中对接待他们的中国官员的描述。可以推想，中国官员对于“天朝上国”的繁荣与富庶仍充满自信，远道而来的马戛尔尼使团在他们看来只不过又是一批前来朝觐的“贡使”罢了！

面对他们，中国官员礼貌之余的傲慢可以想见，不准他们离开船只、入城和下乡，将其困于船上无疑是这些中国官员为了避免不必要的麻烦而同时又能保持某种神秘性所能想出的最好办法，“拒绝的借口总是那样熟练、机巧和带有敬意，以至于我们很快就妥协了，甚至还会因此感到一种愉快和轻松”。在承德避暑山庄与乾隆晤面后，马戛尔尼所记下的也是令人深感繁复的礼仪以及八十三岁的乾隆所赐的玉如意和珐琅表，两人未能就国事深度交流，而乾隆那“带有一种恩赐的态度”即是当时中国人天下中心意识的反映。

说到底，马戛尔尼脑中已经装着近代意义上的外交理念，而他所面对的上自乾隆下至一般官员的“大清国”却仍活在“中世纪”迷梦中自娱自乐。使团的另一位成员巴罗（John Barrow）在其《中国游记》则更是毫不讳言中国人是优雅礼仪和粗俗言行的结合体，“这个民族总的特征是傲慢和自私的，伪装的严肃和真实的轻薄以及优雅的礼仪和粗俗的言行的牢固结合”，若是将巴罗的评价放在今天，不又是“旁观者清”这一四字箴言的绝佳注脚！

继马戛尔尼之后，尤其是 1840 年中英鸦片战争之后的六十年，西方人纷至沓来，且包含多种职业，外交官、商人、学者、工程师乃至一般游客的笔下都留有他们当时在中国的所见、所闻和所感。

西方人首先接触的是中国各级政府及其制定的法律体系，他们与中国官员的交谊和对中国法律的评述也成为 19 世纪来华西方人中国纪事的主要内容。由于 1840 年鸦片战争中的战败，中国“政府制度的诸多方面也遭到西方人士的批判”，18世纪耶稣会士笔下优秀的中国政府已经不复存在。

密迪乐(Thomas Taylor Meadows)在其《关于中国政府和人民及关于中国语言等的杂录》一书中提出如下一组假设：“如果能得到修正，如果官吏犯了法时真能受到惩处，而且比目前的惩处更为严厉；如果他们的薪俸能够合理地加升，年老时能够保证他们有个舒适的生活环境；如果他们受教育及选任都旨在让他们只承担一种职责。”实际情况则恰好与此相反，中国官吏集多种职责于一身，他们既是行政长官，同时也是检察官、法官和税务官，“任何一位官吏都有干不完的事”。官方俸禄也非常微薄，在这种情况下，各种名义的“灰色收入”也就成为官员们维持体面生活的仰赖。官员为免遭结党营私之攻击也不能在公务外有自己的朋友圈子，而“衙门实际上是与公众隔绝的”，官、民之间几无来往。

作为培养后备官僚的科举制度也受到西方人的高度关注，并将它与西方诸国的文官制度相比较。丁韪良(William Alexander Parsons Martin)就对科举制度给予高度肯定，“这套制度的优越性在中国得到充分的体验与证实”。格雷(John Henry Gray)对广州贡院的描绘为我们留下一段珍贵史料，“应试的大厅是一个大方框，有点像平行四边形。四面是几排长长的小房子。应试房总数不下11673间。……这些考房的排数，都分别用《千字文》里的汉字来命名。每个考房也都编了号”。

中国法律体系也引起西方人的浓厚兴趣。《大清律例》英文版于1810年问世，斯当东(George Thomas Staunton)即于同年在《爱丁堡评论》撰文称颂“其高度的条理性、清晰性和逻辑一贯性——行文简洁，像商业用语，各种条款直截了当，语言通俗易懂而有分寸”。但中国的刑罚和监狱则让西方观察者畏惧不已。罗伯茨摘录了两则西方人对刑讯逼供和凌迟处死的记录，读完确有不寒而栗之感。“从割第一刀开始到尸体从十字架上卸下来然后砍去头，整个过程用了四到五分钟”，“那惨状令人终生难忘。他们(指囚犯)是骷髅，而不是人”。

耆英、叶铭琛、恭亲王奕䜣和李鸿章这些满汉高级官员的体态举止也给接触他们的西方人留下深刻印象。《泰晤士报》通信员柯克(G. W. Cooke)笔下的叶铭琛“非常健壮，个头很高”，“一个满是愚忠思想的脑袋，圆滚粗胖的脖子，普普通通的后脑勺”，芮尼博士(Dr. Rennie)见到的奕䜣“表情很和善，是个典型的鞑靼人”。后来的印度总督寇仁(George Nathaniel Curzon，即英国著名政治家乔治·寇松)1892 年得以会见李鸿章，在他看来，“他个子很高，很有威仪，约有六英尺多高，身着灰色丝长袍，肩批一条黑丝披肩”。经此一叙，“李大架子”的生动形象跃然纸上。

政府法律之外，中国的文化、宗教和科学也受到 19 世纪众多来华外人的关注和品评。与此前 18 世纪的赞美相比，19 世纪西方人笔下的中国文化整体呈暗色调，或多或少都带有某种“停滞论”的痕迹，并随着历史发展的进程而逐渐强调中国文化的未来出路在于学习西方，甚至将 19 世纪中国文化所出现的某些变化也都归功于来自西方先进理念的影响，后世费正清(John King Fairbank)所开创的“冲击—反应”模式已经在这一时期初显端倪。因此，对于中国文化的直率批评乃至贬低也就不足为奇。“对中国文化其他方面的通常态度是居高临下的和轻视的”，“整个十九世纪，中国画几乎不被欣赏，除非按照西方的风格来作画”。

中国的诗歌和汉语语法被认为存在严重缺陷，中国文学的未来前景因而也很不乐观，“中国作家视野中的每个主题都被挖掘过，而且已经发挥殆尽了，仿佛打场，每颗麦粒早已打下，再打下去只能是空甩麦粒”。中国的装潢艺术也表明“他们的全部作品相应地缺乏艺术的最高境界——理想”。

对于中国的宗教，19 世纪西方人的观察可以说是最糟的，因为他们“带着不可动摇的成见来到中国，即认定中国宗教是邪恶势力的产物，而他们自己的主要任务就是向这些宗教发起挑战并击败它们”。来华传教士们大多认为中国人生活于信仰真空中，“只能靠上帝来拯救”。既然有如此先天定论，也就可以理解中国宗教在传教士描绘下所呈现的不堪状况。“中国人的宗教和神话是一个暗淡的、毫无生气的系统，它混杂着无神论和各种最低级的多神论，其灾难性的程度及其彻底性成为世界上最令人感到可悲的一个实例”，“宗教的伤感情调已从这个民族的心灵上消失，那些并行而且互相竞争的信条已丧失所有的权威……他们已经堕入冷漠和麻木不仁的深渊”。

中国科学同样也受到西方人的鄙夷，罗伯茨书中摘录了两段对李时珍《本草纲目》和风水的评论。贝勒(E. Bretschneider，也译贝勒士奈德，曾任俄国驻华使馆医生)在《中国植物学著作研究及其价值》中认为李时珍的《本草纲目》“没有一整套的学术用语……许多内容配以木版图解，但很粗糙，从中很少能得出什么结论”。风水系统则更加表明“在中国，科学的每个分支都仅仅处在幼稚的初级的探索阶段，而且这些真理，对今天欧洲的每个小学生来说都已是司空见惯的了”。

五口通商之后，西方人得以入住沿海城市，从而近距离观察中国人的社会生活。然而，19 世纪西方人的观察一向惯以他们本国的生活习俗作为衡量标准，实际则很难体认中国人的生活方式。西方人经常留有关于中国社会不同阶级的记录，他们厌恶通常所说的绅士阶级，认为中国绅士们虚伪、懦弱，唐宁(Charles Toogood Downing)的《番鬼在中国》直言“就我见到的中国士绅来看，他们几乎都是一副令人厌恶的病态像。天朝居民的上层阶级脸上显露出来的不仅仅是一种女气味；许多陌生人甚至一瞥见他们就会觉得恶心和讨厌”。西方人最常提到的则是各通商口岸中无处不在的乞丐以及他们的生活惨状，“大量乞丐死在广州：我不想老调重弹，而他们确实是死在露天里；许多人死在大街上”。

当然，对当时能够前来中国的西方人来说，他们思维意识中已经由于中西地位相异而将中国人降至奴仆地位，“对西方人来说，他们与中国人最紧密的联系是雇主或主仆关系”。中国城市的公共服务设施也令西方人深感中国的极度落后，即使如广州、汉口这样的大城市也缺乏如浴室和人行街道这样的公共服务设施。对此，马戛尔尼的描述可谓既愤怒又无奈，“他们很少用手绢，而是随地乱吐，用手指擤鼻子，用袖子擦鼻涕，或是抹到身边的任何东西上。……这里没有冲水厕所也没有固定的方便之地；厕所设施都暴露无遗，粪便不断被清走，所经之处都是臭气冲天”。

西方人常以自己的标准来揣度中国，这一点同样表现在他们对妇女与儿童的关注中，“对比——间接还是直接的——是建立在与西方及美国的妇女、儿童的地位之上的”。在他们看来，中国妇女地位低下、生活悲惨，毫无权利可言，这也是西方人观察中国妇女的主流论述。“中国妇女的状况是最惨的，受苦、受难、受歧视、各种苦难和贬抑无情地伴她从摇篮一直走向坟墓”，“年轻姑娘只是一件交易品，是一种待价而沽的商品”。他们注意到中国人对妇女贞节的高度重视。格雷在《中国人民的法律、时尚和习俗史》一书中就记有一则名叫冯金三的绅士由于怀疑妻子不贞而将其活活打死的故事。有趣的是，有几位西方人对太平军的记载中认为太平天国允许给予妇女在社会中更为解放的一面，而这一根本违背历史事实的“赞颂”也再次证明19世纪部分西方人看待中国时仍仅局限于表面而无法深入。杀害女婴风尚的流行也成为西方人关注的焦点，郭实腊(Karl Friedlich Gutzlaff)、费时本①、古伯察(Evariste Régis Huc)和麦华陀(Walter Henry Medhurst)的书中都对此有所描述，“他们通行的习惯是将相当一部分女婴溺死”。中国妇女裹脚的习俗也进入西方人的视

① 笔者始终未能找到费时本的有关信息，其外文原名只好空缺。

野，因裹脚而对妇女生理和心理所产生的双重伤害也给西方人留下深刻印象，“失去双脚，丧命或其他疾病或许使人联想到这种恶毒的风俗”。

总体来说，“19 世纪西方对中国特色的评价中，增长了一种咄咄逼人居高临下的优越感”，这种优越感也支配着来华西方人对中国进行着方方面面的指摘和批评。从历史的角度来看，西方中国形象的变迁其本质是西方人借以中国为镜子来观照自身的发展轨迹，中国形象也因此在他们的光谱中不同时段会呈现为不同的颜色。

法国著名文学理论家巴柔(Daniel-Henri Pageaux)曾对此指出：“一切形象都源于对自我与‘他者’、本土与异域关系的自我意识之中……事实上，形象是对一种文化现实的描述，通过这一描述，塑造(或赞同、宣扬)该形象的个人或群体揭示出并标明了自身所处的文化、社会、意识形态空间。”全球化的当今，中国和西方同为“地球村”的一员，双方交往已经少了许多 19 世纪时的神秘而多了份理解和尊重，此两者也正构成未来迈向中西方和谐的基础。那种从自身需要出发不论是赞扬还是贬低对方的做法都将导致双方关系走入冰点，培根“读史使人明智”的名言也再次提醒今天重温历史对刻下和未来发展的重要性。

号脉城乡中国

——周其仁《城乡中国》(上)评介

20世纪40年代后期，著名社会学家费孝通先生将他“乡村社会学”一课的讲义以《乡土中国》为名出版发行。六十多年后的今天，北京大学中国经济研究中心教授周其仁先生推出在其近五年来田野调查基础上写就的《城乡中国》(上)(中信出版社2013年版，本文以下简称周书)。费老当年的用意在于从学术上探求中国城乡历时几千年的分野及其出路何在，虽时过一甲子，中国社会也早已发生天翻地覆的变化，但这不仅没有减弱《乡土中国》一书的影响力，反而在一定程度上奠定了该书在中国近代学术系谱中的经典地位。

相比之下，周书是否能够入列经典之林尚需时日检验，然而，作者在书中所提出的问题和那些既富学理又具可操作性的建言献策却着实打动每一个关心中国命运的读者，引发人们的后续思考。或许由于先后经历过“上山下乡”的知青岁月和在80年代大学毕业后参与了杜润生领导下的农村调研，不论是高头讲章式的精深论文还是包括该书在内的专栏文集，周其仁的每一篇文章都透射着经济学人的专业素养和知识分子的浓郁人文情怀，套用一句时下流行语来形容，周书可谓“接地气”！正如出版社在该书扉页中的介绍：“以期增加对中国和经济的认识，找出沸沸扬扬的城镇化改革的症结，消除城乡之间的巨大分隔，也期望让更多的读者了解和思考今日的中国和未来的发展，找回经济和社会发展新的触发点和契机。”笔者认为这既是周其仁此书意欲达到的高远目标，同时也是该书的亮点。

从历史中找寻城乡中国分野的根源。周书认为“工业化超前、城市化滞后”是造成当今中国城乡分野的主要原因，对于为何会形成这种发展极度不平衡的“跛脚”局面，周书的探讨并未局限于表层，而是深入到中国社会发展的数千年历史中。在他看来，中国历史素来“重农抑商”，历代统治者无不以稳固农本作为经济发展政策的主轴，商业发展所带来的巨额利润被认为是儒家教化下民风淳厚的天然威胁，尤其是那些经营长途贩运的行商不仅有可能垄断某种商品的生产和销售，它们聚集而起的力量更是对中央政府权威的挑战。统治者或许有他们的自身考量，但以长时段观之，“重农抑商”政策却抑制了城市发展，“抑商即抑城”。商业活动有赖于城市的发达，经济聚集刺激下的人口聚集成为必然现象，“人口聚集推进经济聚集，反过来再刺激人口聚集，这就是城市化的动态进程”。也因此，中国古代虽也曾有长安(西安)、洛阳这样的大都市，但它们仅仅是中国版图上的“星星点灯”，无法带动更大规模的人口聚集和经济聚集，且每至王朝末期则多为兵灾所毁。

城市化在1949年后由于国家长期推行带有倾向性的工业化政策而未能得到充分发展。谁也无法否认中华人民共和国的领导人努力将中国建成现代工业强国的雄心壮志，但囿于国内外诸多条件限制，彼时的中国领导人只有朝东学习苏联“老大哥”，以全盘计划经济为基础发展重工业，此后三十年的中国工业化进程也确实取得令人瞩目的成就，但城市化却未能乘此东风而顺势发展。广大农民同样也未能分享工业化的果实，常年为能吃上饱饭而挣扎的贫困状态成为他们日后寻求变革的直接触媒。

周书认为苏联工业化的基础是对农民的“剥夺”，而建立在城乡隔离前提下的工农产品交换“价格剪刀差”也成为中华人民共和国为了筹措工业化所需资金的不二选择，这一做法即直接源自苏联模式。不难理解，为了确保工业化的顺利推进，苏联的“普罗皮斯卡”(居住证)也被引入中国而演变为限制农村人口流向城市的严格户籍制度，其核心在于限制农民向城市的自由流动，由经济聚集而来的人口聚集便也就无法实现，城市最终沦为汪洋中的一座座“孤岛”。政府虽然由此可以和农民直接交换而省下费用，但其所带来的巨额管理成本却十分高昂，而对它的体认则要到改革开放后方逐渐被人所知。著名经济学家、1993 年诺贝尔经济学奖得主罗纳德·科斯(Ronald Coase)早于 1937 年的一篇论文中就已向世人证明了“交易费用”和“组织成本”这两个制度经济学的关键词。该书作者就属于第一批接触到这两个关键词的幸运儿。

城乡分野导致农村发展的固化和畸形城市化。于今看来，中央政府强力行政主导下的中国工业化战略人为造就了城乡分野，而这种城乡之间的二元格局反过来也对中国农村和城市的发展产生深远影响，它使农村固化，城市化则偏离正轨，导致畸形发展。

站在农村这一方，城乡分野无疑是对农村发展的抑制，广大农村没有活力，犹如一潭死水。占中国人口绝大多数的农民受制于户籍制度而无法与城市居民享有同等福利待遇，农民不仅是单纯的职业类型，也已成为束缚农民自由流动的权力等级。在此体制下，农民兄弟们根据宪法和有关法律理应享有的公民权利一再被漠视，教育、医疗、环境、娱乐等农村基础公共服务设施的建设长期以来也未能跟上农民日益扩大的需求，这些因素的叠加最终将农村推向物质和精神双重贫困的边缘。

此外，对于相当一部分进城务工人员来说，他们虽然来到了城市，用自己勤劳的双手为所在地创造数以万计的财富，其思维方式和生活习惯也逐步城市化，但由于城乡分野这一残酷现实，他们要想真正过上“城里人”的生活在目前条件下仍面临多方困难。事实上，

“农民工”这一词汇本身即是对他们所处尴尬境地的一种无奈表达！同时，“386199部队”(妇女、儿童和老人)的留守也深刻反映了大批青壮年农民流失后农村的严重空巢化，而这有可能使农村社会生态趋向劣质化，影响农村社会稳定和发展的大局。

城乡分野对于城市发展也很不利。改革开放初期，随着国家工作重心转移至经济建设，城市开放和引进外资成为中国加速现代化的当务之急，而要成功做到后者，各大城市必须能够提供足额且不断扩大的用地规模。

为了应对此一难题，1982年宪法第十条明确宣布“城市的土地属国家所有”。为何会有这般规定，作者认为“出发点是国家工业化大规模展开与农民土地之间的‘扯皮’解决办法就是法律规定土地全部国有，或‘届时国有’，或‘原则上土地国有’，例外的是集体，但考虑到党领导农民分得土地、完成了集体化，一下子又国有，震动太大”。也就是说，国家在继续保有土地所有权的前提下开始将土地作为商品进行批租。各级城市政府也在这一时代背景下开始利用土地作为筹措城市发展的资金来源，其合法性同样来自1982年宪法所认可的政府可出于公共利益需要征用某块土地。“我的看法，是遇到了新情况、新问题。其中最为突出的，是国家在工作重点转向大规模经济建设的新时期，如何处理建设与非国有土地之间的利益瓜葛。”“城市土地国有”这一宪法条款“根本地改变了我国城乡关系，也重塑了中国城市化的制度和政策环境”。

中国城市化的水平还将进一步提升，城市规模的扩大也必将意味着征地范围的扩大。农民在面对政府这一征地主体时可谓脆弱不堪，但农地却构成了征地的主要对象，国家法律又不允许农民自行将土地转入非农领域，其结果必然是农民与土地分离，农民在未来的很长一段时间内仍无法摆脱农村—城市两地来回的命运。

经济学的本意在于经邦济世，相比于文史哲等人文学科，经济学有着强烈的入世性，经济学家的最高荣誉莫过于自身的研究成果能够对现实经济运行有所裨益，而那种科斯笔下所批评的“黑板经济学”除了满足学者本人的虚荣心外，对现实世界所发生的一切不具任何解释力。所幸，周书不论从各篇文章的立意、论证还是落于笔端都很好做到了学理与实证案例的有机融合，并通过对一个个鲜活的生活细节和历史线索的梳理后，明确提出以土地确权作为消弭城乡分野之道的突破口，这也可被视为作者对中国未来深化改革的期许。

那么，什么是确权？为何要从确权开始？

由于师出美国加州大学洛杉矶分校，深受新制度经济学影响，该书作者基于其一以贯之的学术理路，从产权入手，开掘城乡分野背后的制度因素。经他分析，城市已经走在农村前面，建立起比较健全的产权制度，城市居民也因此可以将房产分租、转让，坐享其成，“房地合一”是房主拥有坚实产权，并可借此投资增值的生动反映。与之相比，农村土地的产权界定大大落后于现实社会经济发展的需求，作者认为农村土地集体所有制这一仿自苏联集体农庄的“舶来品”并不符合中国农民数千年来已经适应和习惯的小农土地私有制，中国古代也不存在俄国历史中悠久的村社传统，变动社会中的经济发展和人口流动将对集体土地所有制的运行造成难以克服的缺陷。

因此，“建立健全归属清晰、权责明确、保护严格、流转顺畅的农村产权制度”对于保障农民私有产权、激发农民生产积极性至为关键，而完整的产权制度也将解除农民进城的后顾之忧，农地流转所得的资金既可作为农民在城市创业的资金来源，也可进一步发挥土地的集约优势，优化农业生产结构。“清楚而有保障的农地转让权是运用价格机制配置城市化进程中土地资源的基础。”农村土地产权制度的建立也有助于中国城市化从目前的行政审批推动逐步朝着更为健康的市场化自由发展转变，使城市真正成为各级经济聚集的中心地。

总之，确权的本意是划清权利，促进流转。“市场化还是不市场化，前提的前提就是产权有没有清楚的界定。”中国数十年来的改革实践已经为没有清晰的产权制度付出高昂代价，小岗村十八位农民的“血手印”开启了中国农村改革的大门，而建立一个完善的农地产权制度也将成为启动下一轮改革的突破口。

消逝中的荒野

人们已经越来越意识到来自“他者”世界的关注和研究往往能够为我们对中国自身历史发展之路的评鉴与思考带来一股清新之风，言辞或有尖酸乃至刻薄之处，但并不影响其在背后支撑骨架的问题意识。就此言之，西方汉学(Sinology)一定程度上就扮演着中国的“他山之石”，其研究范围也从早期的翻译经典著作为主发展到如今已经涵盖政治、经济、军事、文化、语言、历史等各个方面，这其中也包括对中国环境变迁(较为侧重于古代)、人与自然关系演变等领域的专精研究，澳大利亚国立大学历史系荣休教授伊懋可(Mark Elvin)《大象的退却：一部中国环境史》便是这方面的一部代表性著作。

相比之下，美国著名动物学家理查德·哈里斯(Richard B. Harris)以其在中国西部长达二十年工作经历所写的《消逝中的荒野——中国西部野生动物保护》(张颖溢编译，中国环境科学出版社2010年版，本文以下简称《消逝中的荒野》)一书虽在叙述范围和时空地域上都无法与伊氏著作相提并论，但哈里斯的动物学专业素养及其对中国西部野生动物保护的持续关注却也使得该书成为一部“重头书”，值得任何一位关心中国未来发展——尤其是西部生态环境变迁的人士细细研读。

一、定位中国的西部

要研究中国西部的野生动物，无疑首先得准确定位西部这一特定词汇所指的地域范围。

对于一般中国人而言，其头脑中的西部概念告诉他那是黄河—秦岭以西的一大片广袤土地，它既是沙漠、戈壁的代名词，也是长江、黄河这两条中国人眼中母亲河的发源地，包括汉、唐这两个中国历史上的强大王朝都曾定都于西部，而现今绝大多数少数民族聚居于此也使这块土地之于生活在中东部的中国人来说增添不少神秘之处，历代诗人更是在无数首反映出塞和边关风情的诗歌中抒发心志。若根据最新的官方界定，西部由西北五省(陕西、甘肃、青海、新疆和宁夏)、西南五省市(重庆、四川、云南、贵州、西藏)、内蒙古、广西以及湖南湘西地区、湖北恩施土家族苗族自治州共同组成，面积多达538万平方公里，占全国国土面积的56%。

但这一简单划分并不适用于《消逝中的荒野》作者的研究，事实上，哈里斯敏锐注意到中国历史上长久以来即已存在的内部生产方式差异——东部习惯上以农耕为主，而西部则主要是中国的牧区，差异的本质实为土地利用方式的不同。之所以会形成这种差异，一方面是历史传统因素的惯性使然——西部在历史上曾经留下多个游牧民族的生活痕迹；另一方面也与气候有着莫大关联，降雨量的稀少使西部无法像东部那样大面积种植水稻，小麦等耐旱作物和畜牧业则不仅供应着口粮，而且也成为相当一部分民众日常经济收入的主要来源。两相比较，哈里斯选择了后一种标准来划定他所要研究的西部，即以生产方式和土地利用方式为据。因此，也就不难想见上述官方标准中的广西、湖南湖北两省的西部和西藏以外的西南四省市大部分地区都不在哈里斯的研究视域内，因这些地区的主要生产方式还是以农耕为主，降雨量较之西北也要丰沛得多。当然，以农业/牧业来划分东部和西部如同其他任何一种区分都难免存在例外，比如四川的东部被划入中国东部，而西部则被认为属于中国西部。

在哈里斯看来，中国的西部曾经拥有过辉煌，而当下却在中国经济的整体版图中处于极度弱势之境地，尤其是改革开放后原本就已存在的城乡差别和区域发展不平衡愈来愈大，而地方政府为了追求经济发展和施政绩效向自然环境索取无度，后者付出的高昂生态代价和本身更新机制的蜕化使西部在贫穷、落后之外更为荒凉、沉闷、没有生机。

此外，随着全球气候变暖和草场沙化，干旱越来越频繁的造访西部各地，西部大开发和游牧压力下的生计窘迫进一步加剧水、草场、森林等自然资源的紧张和稀缺程度，受此影响的除了人类自身之外尚有广大野生动物，这是目前西部呈现给大家的现状，无奈但又不得不承认。

二、丰富的西部野生动物群落

“由于西部的初级生产力很低，因此总的来说，生物多样性也低很多，而且能提供给脊椎动物的适宜栖息地也很少。”在哈里斯所定义的中国西部并不存在生物多样性极其丰富的热点地区，也没有一个区域像秦岭山脉那样分布着许多特有物种。但这里却有着丰富的陆生脊椎动物种类，鹰、雕、隼、鹗、山地鸟类(藏马鸡、暗腹雪鸡、高原山鹑)和沙鸡、大鹑、伯劳、百灵、雪雀，等等。除此之外，尚有一批不寻常的大型哺乳动物生活在西部：这块土地上至少存在四种原羚或瞪羚，藏羚羊也早已成为人们对青藏高原的美好印象之一，或可与欧洲野牛相提并论的野牦牛也让中国人感到自豪，还有那从陡峭岩坡滑下的岩羊、沿喜马拉雅山脉分布的喜马拉雅塔尔羊、新疆北山羊和中国的野羊——盘羊。这一切的确可以满足游客和探险爱好者的猎奇需求，但中国政府却面临着非常艰巨的保护任务。

众所周知，过去几十年内的人口增长为这个国家的现代化提供了廉价劳动力，不论是所谓“人口红利”还是人民的勤勉传统，人们在自由外出打工寻求生机的同时也将目光聚焦于广阔的西部，那里的土地正等待着人们去开发。在过去相比于保护本就生态脆弱的自然环境，创造就业机会，从而提升人民生活水平无疑显得更为重要，而一段时期内并无多少节制的鼓励生育政策使得西部人口密度与资源分配之间充满张力。“当中国人终于开始认真保护自然时，他们已经在面临一个非常大的问题”，“她的人口密度已十倍于北美保护运动的先驱当时所要面对的人口密度了”。如果将保护野生动物视作人类更高层次的活动，那么，中国人则必须在保护野生动物与填饱数亿人口的基本物质需要这两方面“双管齐下”，俗语称作“两手都要抓、两手都要硬”，而这注定异常艰难。

政府野生动物保护制度的粗糙和羸弱更加剧了这一艰难局面所带来的沮丧，一名中国研究生甚至在和哈里斯聊天时直言不讳“中国没有野生动物管理”。在既有框架下，野生动物保护的管理机构呈垂直状分布，国家层面设有野生动植物保护司（SFA）和中国野生动物保护协会（CWCA，与 SFA 都隶属于国家林业局），省一级则在各省林业厅内设置野生动植物管理办公室，在州、县或更低层级的乡镇只能祈祷至少还在开展野生动物保护工作，而西部基层地区的保护现状则让人无限悲观。“不幸的是，在西部地区，除了个别例外，基层几乎没有从事野生动物管理的专职人员。”即便是在国家层面和省一级，野生动物保护机构内的工作人员大多从事着文牍工作，相对缺乏大量一线人员和有关设备来支撑，资金匮乏也导致目前已有人员力不从心，难以展开有效保护，有时候只能眼巴巴地看着某些物种被盗猎者杀害而得不到应有保护。

透过这套体系，哈里斯找寻到其背后的保护理念：其一，大多数野生动物都不应该被人们直接利用，应该通过明令禁止打猎，而将这些动物绝对保护起来，从而明确把野生动物同人类分隔开来；其二，自然保护区所起的作用是极其显著的，在那里，任何情况都要优先考虑野生动物的栖息地；其三，中国传统的野生动物消费仍然要支持，但是原材料可以通过野生动物圈养来提供，而不考虑对真正野生的物种进行谨慎和可持续的利用。不止仅限于此，对于一个深受儒家文化影响的国度来说，其对保护野生动物的看法也直接源自传统儒家的保护观点。

三、传统儒家的保护观点

“在中国人的观念中，儒家的乐观态度向来都占有非常重要的地位。”不可否认的是，不论是就中国数千年思想史的绵延不辍还是获得近代革命胜利和维护多民族国家的稳固，儒家思想中的乐观和团结都扮演着关键角色。

儒家思想强调圣贤明君对普通民众的教化和固定不变的等级关系，相信只要拥有足够的知识和智慧，所有人最终都能达成一致乃至犹如明代大儒王阳明所称的“愚夫愚妇皆可成圣”。在对待社会内部的不同利益诉求时，儒家社会观要求上自最高领导人、下至一般百姓都应将对问题解决之道的探寻方向主动导向内心道德反省，以儒家的君子人格来衡量自身是否已经违背这套思想准则。国人性格中惯常的“和谐”“中庸”其实都蕴含着儒家理念中不争执、服从权威领导的信条在内，“只要有足够的知识以及英明的领导，不同的观点、相异的价值观以及冲突的利益最终都会融合消解”。

因此，有别于西方价值观的是，儒家并不承认社会多元利益之间存在无法避免的矛盾和冲突，它所提出的解决办法“不是去解决不同利益需求间的冲突，也不是去对有限的资源进行合理分配”，而是要求管理者通过国家教育体系进一步提高臣民的思想意识和道德水平，即使在很多情况下，道德并非包治百病的良药，也不会影响人们对道德高标准的孜孜以求。借用已故美籍华裔著名历史学家黄仁宇先生的说法，中国历史难以进行“数目字式管理”，事事都追求道德外化和统一齐律，但要以乐观和团结来建构中国自然资源管理的政策基础则显得捉襟见肘。

问题的症结在于人们长期以来对自然资源管理的认识取向与后者的存在本质并不对接。“自然资源管理无非就是寻找方法去处理客观存在的、不可避免的矛盾，通过相互妥协和让步，来协调不同利益群体之间以及我们每个人内心不同需求之间的冲突。”换言之，自然资源本身其实就暗含了两个方面，其一，自然资源的总体存量有限，绝非取之不尽、用之不竭，人们需要应对的是如何分配资源；其二，人们的生产和生活需要大量消耗自然资源，不同群体因其发展阶段有别而对自然资源的享有和开发程度有着天壤之别，穷国与富国、一国内部不同地区（尤其是发展中国家，而中国也在其内）都会力争在激烈的竞争中获得更多自然资源，这是当今世界不争的事实。有此背景，也就可以想象在这些地区普遍存在的保护生物多样性与当地经济发展之间所呈现的张力乃至吊诡：政府和科学家已经充分意识到生物多样性的重要，但民众所追求的恰恰是摆脱落后生活面貌，而大量消耗自然资源则是这一经济振兴计划中被认为必须偿付的“代价”，“保护野生动物就是保护人类自己”这一宣传口号不仅贫乏无力，而且也掩盖了事实上的争夺。“儒家的乐观和团结都不让人们看到，相互冲突和对抗的利益与需求是需要加以平衡的。”

较为合理的做法是如何限制和规定自然资源的使用，仅靠政令宣导无济于事，也易滋生推诿情绪和怠惰心理，难以产生对野生动物的保护动能。“如果只是简单地期待每个人去‘保护野生动物’，那么也就看不到分配、裁夺与妥协能在保护中发挥的关键作用了。”

四、中国的法律制度和自然保护体系

就现实面而言，中国西部野生动物的保护主要由法律制度和自然保护区所构成，而这两者同样也受到来自儒家思想的不小影响。

法律在中西方国家有着截然不同的含义和功能，“理解中西方在法制传统上的根本差异是非常关键的”。中国虽然早在春秋战国时期就已有韩非、李斯、商鞅这样崇尚法治、讲求法条的思想家和政治家，秦始皇一扫六合、统一八荒的成功确实也说明了法家思想对于富国强兵相较于其他各派有着巨大优势，但法家所说的法不脱严刑峻法和统治者“治术”“威势”的综合运用范畴，迥异于西方意义上用来调节利益冲突和社会关系的“私法”。在汉武帝“罢黜百家、独尊儒术”之后，中国法律渐趋儒家化，作为一种惩罚手段的法律被认为不到万不得已不宜使用，“外儒内法”也成为几千年来历代统治者驾驭臣工、掌控国家的普适法则。

在实际生活中，儒家的“礼”以及由此而衍生的“关系”“人情”和“面子”反倒成为中国社会运行的主导规则，人们常说的“礼法”或“礼、义、廉、耻”都可以看到“礼”的首要地位，它也成为治理社会和解决人与人之间冲突的优先标准。“有史以来，中国人普遍都靠‘礼’或靠人们自觉遵守社会伦理和道德规范来治国，而不是依靠‘法’”，已有的法律通常也是被用来平衡诸如人际关系和权力关系，一般人头脑中的法制观念极为淡薄，“法律在规范管理社会中所起的作用也要弱得多”。法律的次等地位使得中国式法律语言极为含混不清，没有准确的定义、特定标准和严格界定，而这样做的目的与儒家文化中的“和谐”“团结”不谋而合。

受到儒家礼法观念影响的中国环境法文本也呈现为非常明显的理想主义色彩和道德化训诫，有学者以“渴望实现”来形容文字与现实之间的差距，更为糟糕之处还在于中国法庭并不擅于对相互冲突的权利进行裁定和平衡，法律所起的主要作用只是"详细说明哪个政府部门有权去做这种裁定"。在此背景下再来讨论 1988 年得以通过(1989 年正式开始实施)的《中华人民共和国野生动物保护法》(本文以下简称《野生动物保护法》)才能从更为宏观的历史尺度观照它的意义所在及其内在缺陷。

《野生动物保护法》在其实施后的几十年内主要完成了四件重要事情：指明了所有野生动物资源都属国家，保护和合理利用野生动物符合国家利益；指明了国家应予以保护的物种，一般情况下禁止猎杀这些野生动物；鼓励负责野生动物保护的国家和省级行政主管部门为珍稀濒危野生动物建立保护区；鼓励对野生动物进行圈养和繁殖，并对如何管理作了规定。总之，在逐条解读法律后可知，《野生动物保护法》"禁止"猎杀野生动物，但没有解决栖息地丧失或退化的问题，这些"渴望实现"的法律只能给出一幅目标高远而又不切实际的蓝图，地方官员或个人得到了实际监管权力，野生动物保护最终也沦为他们的寻租工具和手段。

以《野生动物保护法》为基础而建的自然保护区如今已遍布中国各地，过去的"政治正确"已经成为时下大潮。从 1978 年至 2003 年的二十五年时间，中国自然保护区的数量从区区三十四个猛增至一千九百九十九个，总面积大约已占国土面积的 15%，尽管存在种种问题，但退一步来看，这些自然保护区的建立对于保护西部野生动物功莫大焉，如果没有它们，西部野生动物的生存状况将会更糟。

五、中国西部野生动物的未来

与当下不少流行于西方的中国类畅销书有所不同，《消逝中的荒野》一书主基调是对中国西部野生动物保护过去与现状的批判，但这不等于没有了解之同情和具体建言。

哈里斯从战略高度总结中国野生动物保护政策的三个基本前提：

野生动物应该被完全地保护起来，不能有任何直接的、人为的死亡；自然保护区应该成为有效保护野生动物栖息地的主要场所；中国传统上利用野生动物的需求可以通过圈养繁殖来满足。透过这些，《消逝中的荒野》认为中国在解决自然资源问题时所采用的方法太过简单和苛刻，缺乏灵活性和针对性，而且还会产生令人意想不到的负面效应。针对这些问题，哈里斯主张中国未来野生动物的保护应该让真正意义上的野生资源消费利用在体系中占更大比重，一定程度上可以大胆吸收老庄中的清净无为思想，任自然率性发展。同时，在国际狩猎、用以维持生活的狩猎和商业性狩猎这三者之间维持一个大体平衡，法律也应赋予保护区充分的权力去控制区内的土地利用，使土地的潜在经济价值和荒野保持这两者能够共推互动、达成双赢！

世间已无张光直

正如“中研院”史语所研究员王明珂先生《在成都的一个小茶馆里》一文中所说：“K. C. 这两个英文字母，在世界考古学界代表一位在中国考古、考古学理论与世界古文明比较研究上顶尖的学者，在世界汉学界代表一位在中国殷商史与史前文明研究上的学术领袖。”如其所言，张光直（1931—2000）去世已有十三载，而如今很难在状况复杂的中国考古学界找出第二位像张光直这样能够获得一致好评的纯粹学者。借用黄仁宇先生那本畅销海内外的《万历十五年》书中的一个章节名，真可谓“世间已无张光直”！

说起张光直，其将民国考古流韵和“二战”后美国新考古运动两者完美融合的学术传承无疑是他首先映入后人视线的第一重面相。张氏 1954 年毕业于台湾大学考古人类学系，是为该系首批毕业生，也因此而与中国考古学之父李济先生相知甚深，师友之外更有父子情愫，后者将张光直视为平生最得意的两位弟子之一（另一位则是新中国考古学的领军人夏鼐）。在一封 1954 年 9 月 22 日的信中，平日给人以刚毅、严肃甚至有些木讷的李济大赞张光直：“我相信你是一个能作现代学术工作的人。天资固然卓越，努力亦不后人。更难得的是你确有这一志趣。”在李济身上，张光直不仅学到科学的考古学方法，而且也通过李济得以亲近史语所自 1928 年殷墟发掘以来这一即使遭受战乱迁徙也未曾中断的学术传统。

此外，董作宾、董同龢、凌纯声、高去寻、石璋如、芮逸夫这些前辈大家的教益也使张光直在民族学、古文字学、人类学等方面广被教泽，奠定日后事业之坚实基础。就一个学者的成长来说，他读大学后的学术传承最为关键，而张光直在这方面显然得天独厚、羡煞旁人！

1955 年，张光直在哈佛燕京学社奖学金的资助下前往美国留学，至 1960 年以《中国史前聚落：考古学理论与方法的研究》一文获哈佛大学博士学位。在哈佛的这几年中，张光直师从包括考古学家莫维士(Hallam L. Movius, Jr.)、威利(Gordon R. Willey)，陶器专家沃德(Lauriston Ward)、克拉克洪(Clyde Kluckhohn)在内的一批顶尖学者，并投入当时在美国兴起的有关新考古学的论辩之中。这一考古新思潮主张考古学要走出年代学与类型学之旧藩篱，应充分吸收人类学、社会学和民族学的研究成果，运用自然科学的先进手段进行多学科合作研究，使考古学成为真正意义上的社会科学。

在方法论层面，张光直所掌握的工具已远远超过乃师李济当年留学哈佛时所学的体质人类学，他已感到必须站在新的学术平台上重新反思、检讨中国考古学，并把它纳入西方考古学的语境和体系中去，使中国考古学与国际接轨。张光直后来回忆他在哈佛的经历时深有感触，“有力地塑造了我在人类学和考古学方面的思想，我在古代中国研究上的一些理论上的思考也形成于这一时期。也正是在这一阶段，我开始运用更多的人类学方法来研究中国古代的文化和社会”。著名人类学家李亦园的忆述或许能为张光直的这番话作一旁白，“他常常一个礼拜只有三天睡完了一夜的觉，有四天是不睡觉的，太用功了”。其实，不仅张光直如此，任何一个彪炳史册的伟大学者在天分外又何尝不是较之别人付出了更多辛劳？

学术之外，老北平的生活经历与近代台湾民众不断被建构的民族、国家认同也在张光直身上得到充分体现，他也成为 20 世纪中叶波澜壮阔大时代的见证者和亲历者，颇为传奇的个人经历在同辈学者中并不多见。

张光直 1931 年出生于北平，在这里读完小学和初一，直至 1946 年才随父母返回台湾继续学业。北平的古都风物和一草一木无疑在他童年的幼小心灵中烙上深深印记，张光直日后常以能说一口纯正的“京片子”为荣，林海音《城南旧事》中的小英子一定程度上就是当时包括林氏本人和张光直在内的旅京台湾人的缩影。父亲张我军来自台北板桥，被誉为“台湾的胡适”，“高举五四火把回台的先觉者”，乃台湾现代新文学运动的开拓者和奠基人（或许也因为此一家学渊源，张光直作品中有不少小说和散文，这在中国现代考古学家群体中亦属凤毛麟角），因不满日本殖民统治而于 20 年代跨海登陆，先后于私立中国大学、北平师范大学求学、任教，是中国近代日语教育的先驱。

正因如此，张光直也称自己为“番薯人”（其早年回忆结集就名为《番薯人的故事》），出生于大陆，台湾是故乡，张光直此后大半生都混杂着浓厚的国家情怀和乡土情结。因为受到大哥影响，张光直较早接触左翼思潮，回台后曾在报上发表过批判文章，就读台北“建国中学”的任课老师中也不乏左翼人士，而他本人也在 1949 年 4 月 6 日国民党当局一次抓捕台北教育界共产党员的行动中被逮捕，且是被捕人员中唯一的一名高中生，此后直至 1952 年才被解除监视，重获自由。

明了上述历史铺陈，也就不难理解张光直哈佛毕业后为何选择留在美国继续发展而没有听从恩师李济的召唤返台服务，此时的他更是迫切希望回到阔别数十年的祖国，这里有老朋友、亲人、熟悉的乡音以及那魂牵梦萦的中国考古。张光直的这一愿望随着 1972 年美国总统尼克松访华后中美两国关系改善而于 1975 年得到实现，从这时开始直至去世，其将后半生全力投入中美两国考古学界的交流与合作中，培养学生(巫鸿就是其中之一)，接待访美的中国学者，同时往来穿梭于大陆、台湾和美国，通过自己架设起三方考古学界交流切磋的平台。如细读《传薪有斯人》一书中张光直与夏鼐的通信就会发现，张对国内考古学界的动态十分关注，从与夏通信之始便想着如何为中国考古贡献绵薄，包括以笔名“韩起”(即北京话中“白薯”的台湾方言发音)往《考古》杂志投稿，后来干脆想回到大陆定居(可在社科院考古研究所或北大考古系工作)，他与夏鼐之间也建立起非常深厚的个人私谊。

在20世纪诸多美国华裔学者中，张光直始终对学术研究中的民族主义情绪保持高度警惕。虽然预言“社会科学的21世纪应该是中国的世纪”，但也批评过“1950年以前，中国考古学最主要的特征是民族主义”，其一贯秉持的国际主义也催促他去思考“人之所以为人”这样的根本性问题。也可以说，张光直的眼界已经超越考古学范畴，其丰厚的思想遗产属于整个世界和全人类。

为美国辩护

——评《天堂与权力：世界新秩序中的美国与欧洲》

《天堂与权力：世界新秩序中的美国与欧洲》(刘坤译，社会科学文献出版社 2013 年版，本文以下简称《天堂与权力》)一书作者是美国布鲁金斯学会高级研究员，多次被著名的《外交政策》杂志评为“全球顶级百位思想家”的美籍希腊裔学者罗伯特·卡根(Robert Kagan)。

卡根从学经历完整、著述宏富、地位隆崇，其在耶鲁大学历史系、哈佛大学肯尼迪政府学院、美利坚大学先后获得历史学学士、公共政策硕士和美国史博士学位，除《天堂与权力》外，另有《危险的国家》(*Dangerous Nation*, 2006)、《历史的回归和梦想的终结》(*The Return of History and the End of Dreams*, 2008)、《美国缔造的世界》(*The World America Made*, 2012)等著作。相比于美国外交政策领域的其他派别，卡根乃当今美国新保守主义外交政策的重要代表和旗帜性学者。包含《天堂与权力》在内的大量论著都旨在向外界阐发新保守主义的微言大义。这既是“鸣锣开道”的公开宣示，也更是为美国辩护，《天堂与权力》主要围绕美国在国际格局中所扮演的角色、如何与世界其他国家和地区打交道、美国的单极地位是否会衰弱以及衰弱后的世界秩序将会朝何方向发展等主要论题所展开。

一、仁慈的霸权

简言之，卡根认为美国扮演着世界警察的角色，虽在某些时候表现得咄咄逼人，但这却是之于国际秩序运转不无益处的“仁慈霸权”，有助于世界的整体稳定与和谐。如他所言，“美国人确实扮演着国际警察的角色……美国人试图将某种和平和正义强加到他们所认为的没有法制的世界，歹徒需要被枪炮来进行威慑或者消灭”。“美国是一个有道德良心的霸权国家……美国是一个不断自由、进步的国家，以至于美国人崇尚权力，他们相信权力是实现一个文明和自由世界的必需手段。”从中可见，卡根的内在思考理路已在一定程度上将作为中性存在的权力赋予道德意味，也就是存在“善的权力”与“恶的权力”之分，而美国则执掌着“善的权力”，惩恶扬善、驱除恶魔，为人类带来希望和繁荣。

依此逻辑继续推演下去，卡根认定美国有责任，也有义务维护世界和平，主张美国对外政策应主动拓宽自由世界与民主制度的边界，从而成为全球扩展自由秩序的灯塔，将美国人对正义与和平的理解推展至全世界。卡根的这一“美国优越论”在早先北美殖民地时期所谓“山巅之城”的引以为傲中其实就已见诸端倪。不同于当时的欧洲，历经千辛万苦来到北美的移民们将新大陆看作和老旧的欧洲迥然不同的希望之乡，充满未知和机遇，而在过了百多年之后的今天，“美国优越论”已经升级为“美国使命论”，它在于表明美国作为地球一员的卓尔不群，也说明了美国在国际事务中有其不可推卸的使命，而这是其他国家力不能及的。

因此，国际社会近些年来所谈论的美国国力衰弱根本就是一个伪命题，这与事实不符，它仅仅是一种人们心理层面的担忧与疑虑，美国仍将在未来很长一段时间内主导和引领着世界秩序的走向。

二、以武力为后盾的实力外交

作为世界警察的美国又该如何实现“仁慈的霸权”？在卡根看来，其主要方式为以武力为后盾的实力外交。

“真正的安全和防卫以及自由秩序的推进仍然依靠拥有和使用武力。”卡根在书中毫不讳言美国依凭武力和权力等“硬实力”在国际舞台上的展示，甚至赤裸裸地宣称只有拥有和使用武力才能带来真正意义上的和平，颇有“震慑”“遏制”和“以暴制暴”之意味，而这就是新保守主义者所笃定的信念，他们崇尚以武力为后盾的实力外交和强权意志，一切凭实力说话。虽有让人不舒服之感，但这就是当今国际政治的现实状况，无法回避。

在就国际纷争的解决上，卡根肯定美国截至目前所表现出来的行动自主性，并未受到过多国际惯例和通行游戏规则的束缚，这种独立行事风格与其世界警察的角色也正相符。进而言之，美国通过单极国家的主宰力量而非多边机制下的多国合作来实现“仁慈霸权”，借此推行美国式的国际经济体系和自由民主价值，意欲达成全球治理体系的“美国化”。一旦此套秩序崩解，美国也将陷入衰弱。“至于美国，现在则将无止境地依赖武力作为处理国际关系的工具，倾向于单边主义而不愿意投身于国际法”，“美国人在国际事务中越来越倾向于单边主义。他们不太愿意通过国际性机构进行活动”。

如果说美国人更偏爱使用军事力量，以法、德为首的传统欧洲大陆国家则更愿意运用谈判、外交和劝服等方式而非强迫他人来影响其外交行为。与美国不同，欧洲的方式是微妙和间接的，更为谦卑、冷静，也更能容忍失败。“欧洲人认为，同欧洲相比，美国在外交上的耐心更低，会更快地诉诸武力。”欧美之间的不同实则也反映了西方阵营内部并非人们通常所想象的铁板一块，这一来是双方实力的差距所致——欧洲自“二战”结束以后便长期处于美国的核保护伞之下，更不用说战后经济复兴也是得益于马歇尔计划的全方位援助。历经两次世界大战的摧残，时刻面对来自苏联军事威胁的欧洲早已不复19世纪以前殖民时代之雄风，而是需要来自美国的战略保护。

应该说，正是冷战不仅使东西方分裂为两大壁垒森严的敌对阵营，而且也使欧洲沦为美国的“附庸”。此外，双方在世界观方面存有本质差异。对于应该如何治理世界、国际机制以及国际法应发挥怎样的作用，处理国际事务时如何在使用武力和外交手段之间保持平衡等问题上都有较大分歧。拥有强大军事力量的美国更愿意将武力作为处理国际关系的工具，而随着冷战结束和苏联的解体，“敌人”已不复存在，这也就不难理解为何会有诸如“无赖国家”“流氓国家”和“邪恶轴心国家”的出现。

三、新保守主义与自由国际主义的一体两面

从大的方面来说，美国外交政策自建国之后二百多年来的谱系传承存在汉密尔顿(Alexander Hamilton)传统(现实主义)、威尔逊传统(国际主义)、杰斐逊传统(孤立主义)和杰克逊(Andrew Jackson)传统(民族主义)这四种思想传统。不同策略路线的形成与发展也是美国自身国力演变和总统个人秉性性格的折射，各传统之间也并非决然对立，互相排斥，而是“你中有我、我中有你”式的吸收、借鉴与叠加。

就当下而论，美国外交政策领域的两条主线分别是自由国际主义和新保守主义，两者虽似不同派别，但犹硬币之一体两面，在美国外交政策的制定过程中共同配合、相辅相成，任何一项政策的出台都非单一路线的产物，而是取得最大公约数后的融合。新保守主义作为一个完整的理论体系就分别囊括了来自自由国际主义所倡导的美国有责任改造世界的观点，以及现实主义所倡导的美国应该用

军事力量维护全球秩序的论调，也强调民族主义所倡导的尊重国家主权的理念，以有限全球政府(Limited Global Governance)而非以国际组织为中心来调控管理世界。其与自由国际主义并无本质上的不同，区别仅在于处理问题的方式是外交优先还是武力优先，它们都服务于一个终极目标——即最大限度地维护和确保美国的国家利益，这也昭示我们在观察美国历届政府及其领导人的对外政策时需要透过现象认准其“里子”，一切从国家利益出发来相机因应。

综上所述，贯穿《天堂与权力》一书的核心是：美国是世界舞台上的主导力量，当今国际秩序的核心是由美国所塑造的国际政治经济体系和自由民主制度；一旦美国衰弱，这一体系也将随之瓦解，而最为危险的情况在于以中国和俄罗斯为首的威权国家的存在对民主、自由等基本价值的冲击；为了防止此类情况的发生，美国以及它的盟友有必要共同维护美国的实力和地位。

《环境与历史：美国和南非驯化自然的比较》评介

《环境与历史：美国和南非驯化自然的比较》(本文以下简称《环境与历史》)系由威廉·贝纳特(William Beinart)和彼得·科茨(Peter Coates)这两位来自英国的著名环境史学家合作完成，并列入著名学术出版社 Routledge 的《历史联系丛书》于 1995 年出版。

贝纳特系牛津大学圣安东尼学院非洲研究中心教授，专长为南非史和环境史，独自撰写或与人主编了多部关于南非历史以及环境史的著作，如《20 世纪南非》(*Twentieth-century South Africa*)、《社会史和南非环境》(*Social History & African Environments*)、《环境与帝国》(*Environment and Empire*)。

科茨则是布里斯托尔大学历史系美国历史和环境史教授，主要致力于十九二十世纪美国史，尤其是美国环境史的教学与研究工作，现已出版《阿拉斯加大油管的争议》(*The Trans-Alaska Pipeline Controversy*)、《自然》(*Nature*)、《在大自然中的辩护》(*In Nature's Defence*)，另有《六条河流的故事》(*The Story of Six Rivers*)等。《环境与历史》中译本则出自北京大学历史学系教授，著名非洲史和环境史专家包茂红先生之手，作为凤凰文库“人文与社会系列”之一种由上海译林出版社于 2008 年出版。不论原著者还是中译者，都系各自领域名家，也使得该书相较于同类著作更显其与众不同之处。

一、《环境与历史》主要内容

与某些学术巨著相比，《环境与历史》一书只能算是一本“小书”，英文原版正文内容总共也就一百一十四页。相对简短的篇幅不仅并未影响该书的学术水准，反倒使贝纳特和科茨能够从环境角度出发就美国和南非各自历史发展进程中的若干异同集中进行比较式研究。全书主体部分计六章，外加两个并不算长的前言和后记，结构清晰，文字简练而富有文采，具有很强的可读性。

前言和第一章构成该书第一部分。内中除去交代为何要写作本书的原始动机外，两位作者将重点放在了环境史研究的兴起背景、环境史的学科界定以及为何要以环境史为视角去研究美国和南非这两个看似毫不相干的国家。

前言开篇就提出“绿色问题正在成为发达国家和发展中国家的公众和政府政策关注的前沿问题”，而自工业革命以来两个世纪内人类活动对环境造成的巨大破坏是产生“绿色问题”的重要原因之一，这也就需要从历史的视角对环境变迁以及这其中人与环境之间的互动有所探讨和分析。借此机缘，环境史研究于 20 世纪 60 年代萌芽于美国，并迅速传布世界其他国家和地区，直到目前为止仍然是一门在西方极受人瞩目的历史研究分支。

那么，什么是环境史？该书认为“环境史致力于研究历史上人与自然的其他组成部分的各种对话，它关注的焦点是这两者之间的相互影响和相互作用”。换言之，环境史研究意在拓展传统史学边界，试图修正过去那种以人为中心，主要针对人与人之间关系的研究范式，将历史研究的关注目光引导至一系列非人类因素以及为人类制度提供舞台的自然生态系统。正因如此，环境史研究不论就方法还是理论在很大程度上都要依靠其他学科，“包括历史地理学、人类生态学、边疆史、法国年鉴学派的‘整体史’，以及关系不那么明显而自觉的非洲史和人类学”。“与大多数历史流派相比，环境史更是一个跨学科的领域。”

此外，书中对于“退化”和“自然”这两个环境史研究中的核心概念也提出了自己的看法。作者认为不能把变化都看成衰退，所有的人类活动事实上都会改变自然界的构造，许多所谓“退化”其实是“变迁”或“转型”。进而言之，自然本身并非一成不变，而是一个“具有自我调节功能的动力学体系”，“自然的概念永远都是文化的表述”。即便是像印第安人这样身处前工业化时代的原住民也并非如西方知识分子所想象的那样，他们同样也是“闯入新世界的入侵者”。

之所以选取美国和南非作为比较对象，关键在于虽然两地空间距离相隔遥远，但也存在可供环境史研究者进行比较的切入点，这就是种族关系和边疆。美国历时弥久的奴隶制，而南非则直到 20 世纪 90 年代才从种族隔离中走出。另外，透过边疆也将更为深刻认识殖民者和当地人之间的紧张和冲突。就此而言，南非成为殖民者和撒哈拉以南非洲的疆界，而北美殖民者在不断拓殖的过程中深入边疆腹地，一步步将自然转化为商品。

接下来的三章则从“狩猎和动物”“树木的兴衰”和“农业”这三个方面来讨论美国和南非在驯化自然过程中的得失和经验。

第二章重点关注狩猎行为对动物及其居住环境所造成的影响。该书大致将狩猎划分为“前殖民时期的狩猎”“殖民者的狩猎”和“狩猎管制”三个阶段，不同阶段意味着人类与动物关系的不同定位。在前殖民时期，狩猎是北美印第安人和南非黑人部落维持日常肉食供应的重要方式。过往研究大多认为原住民的狩猎采集活动具有很高的生态可持续性，但该书作者从建构论角度出发将原住民也视作型塑当地自然环境的共同参与者。同时，在原住民部落中，谁控制了猎物分配权，谁就有了话语权。殖民者的狩猎则掺和了多种动机，既有源自经济利益的诱惑，如国际性象牙贸易，也有边疆居民因农业生产的不确定性而必须通过狩猎来补充肉食的生存考虑。而狩猎活动本身所具有的刺激性和冒险性则被殖民者视为一项基本权利而用作培养白人男性青年的英雄气概。但与此同时，“殖民者的狩猎活动被认为是经济进步的一种障碍，遭到了工业家和更加富裕的农场主的反对”。自19世纪70年代开始，多种样式的动物保护协会和保护区在北美和南非成立，旨在保护濒危物种。但这些保护区规模有限，缺乏生态学基础。

第三章则将焦点转移至树木与人的关系。对人类来说，森林是一座“藏宝库”，“盖房造船、获取水果、阴凉和柴火，熏制食物，制成药品、染料、武器和艺术品”都离不开树木。尽管气候变化等自然因素也能导致植被改变，但人类因放牧所需而清理林地无疑是更为重要的原因，而以刀耕火种为特点的原始农业同样要以大片林地作为基础，对外贸易和各项建设也都需要大量木材。作者敏锐觉察到“如果森林因为经济原因而被破坏，它也会因为经济原因而受到保护”。林业同样也经历了一个与动物保护相似的过程，即从规范砍伐到创建保护区的发展进程，科学的发展也进一步厘清了森林与自然灾害之间的关系。但总的说来，经济效益仍然是林木保护的首要考量。因此，不论在美国还是南非，功利主义思想主导了林木保护。

第四章则在前面两章的基础上讨论农业开发对环境的影响。在某种程度上，狩猎边疆和森林滥伐都反映了农业扩张这一生态转型。美国和南非两国的农业都依靠资源密集和带有污染性的技术来支撑。殖民者到来之前，两地原住民即已发展出比较系统的耕作农业，而白人殖民者与原住民之间在农业生产和技术开发上有着广泛的相互交流和借鉴。畜牧业也在两地早期殖民者的生产生活中扮演着重要角色，特别是绵羊和肉牛的饲养，不仅提供了食物，同时也成为美国和南非广大牧民们获得收入的重要手段，因为绵羊和肉牛所出产的各种制品远销欧洲。但随之而来的过度放牧问题也引起了美国和南非部分环保官僚的关注，他们认为“殖民者再也不能在耗竭了土地之后继续前进——这一认识得到了1890年正式宣布边疆关闭的支持”。

当然，南非的环境问题主要是过度放牧所致，南非政府因此也于1932年、1946年分别颁布了《南非侵蚀法》与《南非土壤保护法》。与南非不同，美国的环境问题则和种植业有关。对此，美国政府采取了从立法到设立国家公园等一系列保护措施，但贯穿这些措施的核心都是以效率为中心的“环境保护主义”。而这种“环境保护主义”与美国的资源利用优先思想是非常一致的，“有效利用资源是为了追求商品产出的最大化而不是要在农地上维持物种的多样性”。

最后两章在内容上构成一个整体。作者于第五章中首先分析了自然保护区和国家公园的建立。美国和南非的多数白人都将自然保护区和国家公园视作环境保护事业的象征，并赋予两者纯洁性和神圣性。但作者认为这种思想某种程度上反映了白人有产阶级的一种他者想象，其实并不存在不受人类活动影响的自然，“荒野理想是一个文化建构，而不是一个准确的自然存在”。推动两国建立自然保护区包含来自多方面的因素，“科学、城市发展、审美理解、文化民族主义、艺术、旅游、摄影和电影都参与塑造了自然思想”。保护物种虽然重要，但美国人更看重从壮丽的自然景观中获得民族认同。南非虽然也出于对掠夺性狩猎所导致的种群数量下降而建立庞戈拉保护区、萨比和辛格维齐保护区，但不可否认的是，狩猎是白人南非自我构建过程中不断出现的主题。与此同时，生态理论也逐渐进入环境保护当中。基于生态平衡的要求，各种物种都得到了公园专业人士的关注。但作者也指出，自然保护区和公园毕竟有限，无法覆盖全部。继续深究后发现，“今天的公园依旧是一个把自然和国家概念融为一体的强有力的文化表述”。

第六章重点阐述资源保护和环境主义运动，主要考察了那些主导西方和美国环境主义的话语体系，并通过第三世界对于环境问题的反应进行补充。作者将始自19世纪初的浪漫主义和原始主义视作西方环境主义的发端，浪漫主义者崇尚自然，批评工业化所带来的环境污染问题，作品中有着极强的唯美倾向。爱默生(Ralph Waldo Emerson)和梭罗(Henry David Thoreau)是这股思潮在美国的代表，他们秉持“反物质怀疑论”，强调精神生活的重要性。此后，“山岳俱乐部”的创始人约翰·缪尔(John Muir)在世纪之交接过火炬，而奥尔多·利奥波德(Aldo Leopold)则于20世纪上半叶提出了“生物中心哲学”。

“二战”以后，尤其是五六十年代，伴随着人们对现代主义的反思以及反消费运动、反战运动、女权运动和民权运动等一系列社会运动的兴起，新环保主义也进入人们的视野。与此前的环保思潮相比，新环保主义更加强调工业化的负面性及其给人类带来的诸多副产品。从这点来说，新环境主义的产生是战后整个国际经济秩序的反映，“环境主义产生的先决条件是战后的新秩序，包括大型科技及其与大型商业的结合，还有富裕社会及其排放物的扩散”。与美国类似，南非也同样面临贫富不均和两极分化的严重问题，不同之处在于，南非环境主义的兴起更多夹杂了种族和社会不公，黑人将大多数自然保护措施视为白人统治者推行威权的象征。

最后，作者在后记中回应了该书前言和第一章中的主题：即使荒野回归自然化，但也无法抹去驯化的痕迹，而人类需要对生态变化与经济、文化变迁之间的相互关系作进一步的梳理。

二、《环境与历史》主要特点

综观全书，主要有以下三个方面的特点。

第一，重视环境权的公平问题。

现代社会的人们越来越感觉到环境之于每个人的重要意义，且由于环境问题的无国界性而真正成为全球问题。因此，不论是发达国家还是发展中国家，作为整个地球村的“村民”都应享有较为平等的环境权，既从环境中获益，又有责任去保护它。

作者在书中就充分表达了这种环境公平思想，富国与穷国、白人与黑人，不论种族、阶级和性别，都应获得公平的环境权利。书中不止一次述及在北美殖民者拓土开疆的过程中，白人对印第安人环境权益的剥夺，这进而导致其部落人口下降和生存环境的恶化。同时，南非白人政府在规划自然保护区和公园时将经济发展和自身利益摆在首位，相对忽视了黑人的呼声和诉求，这不仅致使南非贫富分化的日益严重，而且也加剧了种族隔离政策在双方心目中投下的黑影，这些问题的存在或多或少都与环境权未能公平分配是密切相关的。进而言之，人类内部不同群体之间需要环境公平，而人与自然、人与不同物种之间同样也需要环境公平，人类发展不能以牺牲自然和毁灭物种为代价。在这个地球上，人与其他生物种群都受惠于自然的恩赐。

第二，兼具宏观视野和比较眼光。

与传统史学相比，环境史由于其研究对象的特殊而更显包容和开放。因此，在环境史研究中，多学科方法得到广泛运用，不同学术思想也能够自由穿插于环境史的研究视域中，从而助益于对历史的多角度观照。有学者也认为环境史具备“长时段视角、国际性视野、跨学科方法、问题式趋向和新颖的立论”这几大特征。读完该书，给人印象最为深刻的无疑是两位作者分析问题时的宏观视野和比较眼光。作者并未局限于一时一地，而是将环境问题置于整个人类史和全球史的总体演进框架下，观其脉络、察其流变，并将其中之关系勾连演绎，呈现于读者面前。比如书中对西方环境保护主义的梳理就很好体现了这一点。作者在宏观之外又采用了比较的方法，这也与该书主题相应，因而在行文中处处能看到同一问题在美国和南非的不同表现形式及其应对策略，这使该书在学术之外更显其适用性，或许不同的人们在阅读时都能从中看到自己国家的身影，而由此引发的思考也是环境史之于人类的重要意义所在。

第三，注重联系的普遍性。

环境史既为全球史，那么环境问题内部以及环境问题与人类经济发展各部门之间就存在极为紧密的联系，也许这种联系无法在短时间内显现，但并不妨碍联系存在的普遍性和必然性，这也就决定了任何一个事关环境问题的决策出台都势必有着广泛而深远的影响。作者在书中论述时，也时刻将环境问题纳入联系链条中，注意人类生产活动和自然变化之间的内部关系，这也在暗中告诫读者：个人的每一微小活动都有可能对环境产生不可逆转的影响。

除以上三点外，《环境与历史》取材丰富，资料翔实，并在每章正文之后附有详尽的参考书目，这也为那些有志于环境史研究的年轻学人提供了进入环境史世界的快捷路径。

不可否认的是，该书也存在一些不足之处。两位作者用了较多笔墨论述美国和南非两国是如何驯化荒野的，但却甚少涉及城市史和对工业污染的分析。毕竟，现代意义上的环境问题起因于工业革命和城市化所造成的大量环境污染。如能在书中专辟一章对此进行讨论或将使全书内容更为丰满，虽然目前体例和结构已属上乘。同时，行文叙述中也鲜见有双方思想的碰撞和互动，基本是两位作者各自分工负责论述美国和南非，这也在一定程度上使该书在内容叙述上有一定的跳跃性，需要读者对环境史以及美国、南非两国历史有较深理解。

外国人笔下的孔祥熙

——麦美德《费起鹤及孔祥熙》读后

受制于地域之限、名气所及和传统男权思想的影响，人们对中国近代传教士的关注主要集中于利玛窦(Matteo Ricci)、汤若望(Johann Adam Schall Von Bell)、明恩溥和曾担任美国驻中国大使、燕京大学校长的司徒雷登(John Leighton Stuart)等人身上。相较之下，以麦美德博士为代表的(S. Luella Miner)女性传教士虽然也在传道、授业等诸多方面贡献良多，然在过往却未能受到应有"留驻"，即便她们也同样为后人研究那段历史提供了不少珍贵资料。本文所要讲述的便是麦美德为后人留下的《费起鹤及孔祥熙》(郭晓霞译，东方出版社2013年版)一书中所描述的孔祥熙早年生活记录，该书以其明白晓畅、生动凝练在众多孔祥熙传记中可谓弥足珍贵!

麦美德1861年1月30日出生于美国俄亥俄州欧柏林市，是为中国近现代女子教育史上承前启后式的重要人物，其一生的人生经历和教学生涯堪称传奇，培养了包括孔祥熙在内的多位时代俊彦。

1887年，不到二十岁的麦美德作为美国公理会在全国招募的志愿者之一来到遥远的中国传教布道，同年经过在保定短期汉语强化训练后于1888年任教于基督教华北公理会所办的通州潞河书院。也正是在这里，麦美德遇到了从山西老家太谷县城的教会学校保送而来的孔祥熙，并与其结缘，孔祥熙的虔诚、智慧和勇敢都给麦美德留下了深刻印象。此后的岁月中，麦美德又先后担任过贝满女校校长，华北协和女子大学校长和燕京大学历史上第一位女部主任。1925 年更是被选举出任中华基督教全国协进会副会长，并被教会名校齐鲁大学聘为女部主任兼宗教学院学长，在此任上一直工作至去世。

聪明好学的孔祥熙成为麦美德在潞河书院最心爱的弟子之一。星期天，她经常带领孔祥熙到附近村庄演讲布道。潞河书院当时三名学习最好的学生皆出自麦美德门下，分别为孔祥熙、费起鹤与韩玉梅。费起鹤比孔祥熙高一级，韩玉梅与孔祥熙则是同班同学，并在后来成为孔祥熙的第一任妻子，可惜于 1912 年因肺病而故，也未留下任何子嗣。《费起鹤及孔祥熙》一书便是麦美德考虑到适值美国国内排华法案不允许中国留学生进行任何有酬劳的工作而写，欲借此书所获版税资助两人赴美留学。孔祥熙一生对其青少年时代的恩师始终心怀感激，确也做到了千金一诺，恪守无误。抗战中齐鲁大学内迁四川成都华西坝，齐大女生宿舍美德斋即为孔祥熙慷慨捐资两万元修建，其对齐大危难之际始终多有呵护盖缘于此。在麦美德笔下，孔祥熙的形象鲜活生动，呈现出三个不同而又集于一身的多重面相。

其一，孔祥熙有着其他同龄人所不及的快乐而顺遂的童年时光，而这在很大程度上得益于教会的栽培与关怀。

正如麦美德所言，孔祥熙出生于太原附近的山西太谷县，系孔子第七十五世孙，“生得脸型俊美，手指纤长，言谈举止儒雅大气”。祖父孔庆麟为传统票号商人，家资雄厚，但至其父孔繁慈时已渐趋中落，转以塾师为业。孔祥熙也就从小跟随父亲在私塾中学习，因此有着较为深厚的国学根底，而母亲庞氏则在孔祥熙六岁时不幸病逝。原本极有可能会孤苦伶仃的孔祥熙却并未被社会所遗忘，他通过教会这另外一种新的路径重拾信心、坚定信念，不仅收获了幸福与快乐，也找到了日后所要走的路。

当失去母亲的孔祥熙来到教堂院子与教会中的其他孩子以及一位女传教士在一起的时候，“他第一次感觉到了温暖”，这对于一个幼年失怙的敏感少年来说显得多么及时而重要！随着来教堂次数的增多，孔祥熙越来越喜欢教堂厚重、宁静、肃穆的氛围，甚至感到教堂已经成为他的第二个家，无法割舍，而他也在十二岁时接受洗礼成为真正意义上的上帝子民，以其加入教会的实际行动来彰显内心对于基督的向往和憧憬。

其二，孔祥熙是一位虔诚笃信、深怀敬畏的基督徒。不论面对多么大的逆境与困难，也都不会动摇其对信仰的执着与坚守，他在义和团运动期间对教友和传教士的凛然相助都在在反映了他身上的这一基督徒特性。

据英国传教士爱德华兹(Eben Henry Edwards)后来所著《义和团运动时期的山西传教士》(李喜所、郭亚平等译，冯承柏校，南开大学出版社1986年版)一书所记，山西是义和团运动最为激烈的地区之一，也是传教士被杀最多、损失最为惨重的省份。短短几个月内竟有一百五十九名外国人被杀，这些人中除传教士外尚有医生、教师、商人和普通的探亲访友者在内，另有数以千计的中国教民被杀，甚至个别被满门抄斩。在距省垣太原不远的太谷县内虽未设坛，但义和团“诛洋灭教、扶清灭洋”的口号显然受到广大平民百姓的热衷。居住在太谷的外国传教士和各界教友同样也遭到来自拳民的攻打和袭击，喊杀之声不绝于耳，而教堂和礼拜场所也被无辜焚毁、拆除。原本信教的徒众要么远避乡下、大门紧闭，要么则是出于自保考虑而纷纷退教，且有六位传教士和八位中国教民丧生。

也正是在此千钧一发之刻，结束潞河书院学习返乡度暑假的孔祥熙凭借其生于斯、长于斯的本土优势以及对传教士、教友的了解之同情于危难中奋不顾身、出手相救，协助处理和平息太谷教案，从而避免了更大程度的人员伤亡、财产损失和进一步冲突。麦美德在书中盛赞孔祥熙的高尚人格和无畏气概——“他放弃了自己与家人安逸、安全的生活，而选择勇敢地与我们站在一起。他有能力有才干，精力十足，给我们带来了极大的安慰”。“哪怕死亡近在咫尺，他也要恪尽职守到最后一刻。”

虽然自身和家人也处于险境中，孔祥熙每天仍不忘坚持晨祷，并参与太谷当地教会的布道、巡逻、保卫和疏散工作。即便面对来自老父恳求他离开教会的劝诫，孔祥熙也没有为之所动而放弃信仰与希望。当孔祥熙于1901年3月重回书院后，其不畏艰难的英勇事迹已在学校广为传播，受到老师和同学的一致肯定，并因此而被教会选送至美国入读欧柏林大学深造。

其三，与同时代的其他中国基督徒类似，孔祥熙内心深处既有作为教徒的一面，也怀揣着深厚的爱国情怀，是一位曾有过负笈留美经历、矢志救国的有为之士。换言之，孔祥熙的基督徒身份并未使他忘却其所面对的中国苦难处境，“越是爱他的祖国，就越想在她涅槃重生的时候全力帮助她”。义和团拳民的残暴、盲目和野蛮更加促使他深入思考为什么会发生如此惨烈之人间悲剧，中国的未来应该怎么办，个人能够做什么?

自1901年赴美留学至1907年回到祖国的这几年间，孔祥熙不仅获得了在当时极为稀罕的欧柏林大学、耶鲁大学两所美国名校的本科和硕士学位，而且也以切身留美的经历找到了拯救中国的恰当途径——那就是通过兴学办校、振兴教育来达到开启民智、培养新人的目的。他的这一梦想也在欧柏林大学支持下落实为屹立于太谷南关孟家花园的铭贤学校(该校英文名称为“Oberlin Shansi Memorial School”，直译为“欧柏林山西纪念学校”)，有“铭记为传教而殉难的诸位先贤”之意(概因义和团运动中部分死于太谷的传教士系欧柏林校友，乃今日山西农业大学的前身)。

初为小学的铭贤也在其后数十年间先后开设初中和高中课程，并于 1940 年增设农工科、1943 年升格为学院。学校中西兼顾，课程中既有传统经史、国文，也有矿物、生物、音乐和体育等现代科目，老师也是孔祥熙高薪聘请，皆为一时之选，铭贤毕业生中的大部分则成为燕京、齐鲁、金陵等教会名校的后备人才。

在孔祥熙的悉心呵护下，铭贤着重于现代农业科技研究和农作物改良工作，成为民国时期非常有特色的农工专科学校和国内重要的农业研究基地之一，被后世誉为当时"山西省最吸收西方先进经验办学的学校"和"三晋学府、私校典范"。截至 1949 年，铭贤总共为社会培养了二百二十一名大专生和三千余名初高中生。蔡元培和张学良也都先后曾为学校题词嘉勉。事实上，担负铭贤校务、戮力于学校发展是为孔祥熙从政前的重心所在，其对铭贤的关心和支持一直延续到他 1947 年前往美国。

需要说明的是，该书所叙范围仅仅是孔祥熙的童少年和青年留学时代，年轻人身处乱世之时的敢于担当和豪迈激情跃然纸上，尚无后来晋身官场之后的那般纵横捭阖，自然也就少些"暮气"和"铜臭气"，体现了作为历史人物较为本真的一面，也为认识和了解孔祥熙提供了一个有别于传统的崭新视角。

《乡村中国纪事：集体化和改革的微观历程》评介

由美籍华裔学者，现为得克萨斯大学奥斯汀校区历史系教授李怀印先生所撰就的《乡村中国纪事：集体化和改革的微观历程》(法律出版社2010年版，本文以下简称《历程》)一书集中以一地之材料得窥20世纪50年代合作化运动以及此后二十年间生产队时期的各项经济和政治活动，完整呈现了一幅普通中国东部乡村20世纪下半叶整体社会跃迁的图景，是为近年来中国乡村研究不可多得的一部佳作。笔者认为，以下两点让人印象深刻、眼前一亮。

一、内容全面而丰富

《历程》以时间为经、事件为纬，聚焦于以江苏省东台市秦村为中心的苏中里下河地区在1949年以后的历次政治运动中和改革开放新局面下国家与乡村、村民与干部、集体化时期的经济激励和生产绩效以及改革年代新发展等矛盾体内部的互动关系，从中见诸两方在博弈过程中的应对策略，能够深切体认到国家权威与农民惯习之间并非完全对立、冲突，反而是在相互适应和融合中各取所需。也就是说，潜藏于乡村和农民内心深处的诸多隐性制度较之国家政策与各级政府所下达的命令等成文法度，对农民个人行为的影响都来得更为显著。

首先，在乡村与国家的关系上，前者虽然屈从于后者所彰显的巨大公权力，但乡村以及生活于其间的农民并未彻底“缴械投降”。在承认和遵从国家权威的前提下，农民也在以各种新社会所认可的方式或干脆诉诸基本的生存权受到威胁为由而进行着“合法(正当)抵抗”，这种抵抗对于国家乡村政策的制定事实上有着决定性作用。准确地说，农民的抵抗无疑是对之前政策的不满和充满新希望的开始。

其次，群众与基层干部之间的张力结构也远非“统治—顺从”这样的简单二分法所能全部解释。作为代表国家权力的乡村干部，已经远超帝制时代所谓“皇权不下县”和民国年间“绅权”主导的界限，将国家权力延伸进乡村，极大地改变了原有的乡村权力格局，成为人民政权构建全新社会秩序必不可少的“基石”。但这并不意味着基层干部可以为所欲为，他们的权威同样也要受到来自村民的监督和制约。乡村内部的人际关系仍然存留着不少前现代遗痕——即以血缘、宗亲和家族为纽带的联结方式，干部与村民之间的关系受此影响，并最终落实于乡村社会的整体和谐。

再者，集体化时期的经济激励与农业生产效率高低不仅取决于单个农民自身的积极性和其他个体因素(如性别、年龄、生产队长的管理能力)，而且更是受制于国家所采行的从农民手中过度抽取剩余的各项措施，它所反映的依然是国家与农民之间的予取予放关系，两者在比例上是否能够达致平衡将直接关系到农民的生活品质和国民经济运转。

二、历史叙事内在逻辑的稳定性与连续性的统一

历史发展的本身就具有连续性和稳定性，而这其实也是历史逻辑一致性的题中应有之义，尤其是在面对 1949 年之后中国乡村变革这样的宏观问题时就更应注意前后历史时段之间的衔接、赓续和变

异。好比布罗代尔(Fernand Braudel)的“长时段”视角，海面波涛浪花下尚有以肉眼无法所见(甚至会认为已经消逝)的暗流涌动。

《历程》叙述连贯、前后呼应，作者在描述集体化和改革年代的人与事时能将其与清末、民国这两个时期进行纵向比较，发现不同时期的农民和乡村其实有着稳定、同质的一面。突出表现为农民对于满足个体和家庭基本生存需求的高度重视，并在遭遇困境时通过各种方式(藏匿、拒缴、退出和抗拒)表达不满，而传统乡村伦理体系中的人情义理和村规民约虽在新社会被视为“迷信”“落后”，但它并未完全崩解，而是以“游魂”的形式继续飘荡在乡村上空，村民们也从实用角度出发决定何时运用它们以维护自身利益。

此外，《历程》还具备其他一些方面的特点，择要如下。

其一，史料详备、立论坚实、以小见大。

任何一项历史研究的首要目的都在于求真、求实，而要做到这一点，无疑得有赖于翔实可信的史料作为基础。《历程》一书所使用的主要材料来自于作者生活了数十年的家乡，包含集体化时期的各类账册、报表、户口册、会议记录以及村干部的笔记等未经后人整理过的原始文献。与官方档案或正式出版物相比，这些一手资料具有针对当年社会生态更为逼真的还原度和更高的可信度。全书各章的立论其实也并未有什么高论可言，但叙述平实、诚朴，论从史出，字里行间透着浓厚的人文关怀和现实思索，不得不说这和该书立基的史料有着莫大关联。

从整个国际上的中国乡村研究来看，西方的中国研究者长期以来囿于时代因素、语言功底和资料条件而不得不将他们的目光聚焦于两个领域：一个是以18世纪中国江南地区(尤其是长江三角洲)和西欧英国为代表的发展道路之间的横向比较研究，另一个则是以运用“满铁调查”资料为主的20世纪前半段华北乡村研究。即便是萧公权这样的杰出华裔学者，其《中国乡村：论19世纪的帝国控制》也是以19世纪清王朝统治下的乡村政治体系为主。有关集体化时期乡村的众多资料则由于未能受到各级政府和档案部门的应有重视，多被视为废纸而难逃变卖或焚烧的厄运，西方学者因此也就很难能够对此加以利用。

《历程》则在很大程度上突破常轨，地域上不再局限于江南或华北，而是选取了苏中地区，时段上也将此前的研究下限延伸至20世纪下半叶这一中国乡村世界的剧变期，所用资料也能跳脱沉疴，从官方档案和日人调查转入更为贴近农民日常生活的原始记录，做到了以小见大、由点及面，神似于法国人勒华拉杜里(Emmanuel Le Roy Ladurie)的不朽名著《蒙塔尤》。

其二，以历史人类学方法沟通理论与现实，过往与当下，有很强的现场感。

20世纪60年代以来，历史学中发生了所谓“人类学转向”，形成了一个可以称之为“历史人类学”的研究视角。年鉴学派大家勒高夫(Jacques Le Goff)认为历史人类学或许是史学、人类学和社会学这三门最接近的社会科学合并成的一个新学科。可以说，半个多世纪以来，历史研究的人类学或曰历史人类学取向已蔚然成风，受到国内外诸多史家的高度重视，并将其运用于史学研究的实践当中。放眼国内，以中山大学和厦门大学为代表的“华南学派”就高举着历史人类学这面大旗，不仅创办了《历史人类学学刊》这一专业刊物，而且在就民间信仰与社会风俗、国家制度与地方宗族等多个方面取得令人瞩目的成果。

与传统史学研究不同的是，历史人类学研究侧重于从日常生活或风俗习惯等细枝末节的变迁中观察人类自身的喜怒哀乐，普通人(又多为小人物)和在正统史学叙事中居于边缘位置的区域反而成为历史人类学研究者所热衷的对象，强调研究者应加以运用功能学派人类学中的社区调查法与研究对象亲密接触，或进驻当地村落体验他们每天的实际生活。事实证明，历史人类学研究极大地拓展和加深了历史认识的宽度和厚度，能够使研究者深入具体问题的内核之中，以免于千篇一律式的泛化说明。

该书作者先后受教于国内老一辈知名经济史学家樊百川先生和当代海外中国研究巨擘黄宗智(Philip C. C. Huang)教授，极为谙熟中、美两国各自的史学研究传统与最新学界前沿。正如在该书英文版前言中所说的那样，为了搜集资料，作者曾先后七次利用暑假之机返回故乡，每次逗留数周乃至数月时间。通过聆听村民们的口述以及在饭后的散步、闲聊、攀谈都使自己逐步进入他们所生活的这方世界，熟悉村庄内在的特色符码，感受当事人对过去半个世纪以来农村变革的节拍律动。这些访问和口述得来的直观感受一定程度上使原本作为村庄一员的作者本人重新以外人身份站在“他者”立场进行观察、思考，透过笔端引领读者回到历史现场，联结历史与当下。作者在关怀之余亦能保持冷静、理性，时刻不忘学者职志，也使该书具有“隔岸观景”之功效。

其三，该书和作者其他著作构成了一个有关20世纪中国乡村社会变迁的完整体系，这也说明了好的研究应该是能够上下贯通的。作者1993年前往加州大学洛杉矶分校攻读博士学位，博士学位论文是以晚清和民国时期直隶(河北)获鹿县档案为基础所作的村治研究(即《华北村治——晚清和民国时期的国家与乡村》，岁有生、王士皓译，中华书局2008年版，本文以下简称《村治》)，主要探讨1949年以前——尤其是研究相对薄弱的北洋政府时期的乡村治理实践和新式村政建设，而《历程》则承接了《村治》一书的主题，继续探寻村庄治理逻辑在中华人民共和国成立后新社会下的变化以及国家、基层干部和村民三者的各自适应。

更为可贵的是，作者还试图从理论高度通盘反思中国近代史研究中的各种已有路径，坦诚自己的研究旨趣在于“把长期历史趋势和全国性或区域性制度的宏观研究，与影响乡民日常行为的地方惯性和话语体系之缜密的微观研究，加以结合，以了解乡村生活及国家与地方社会的关系”。综合来看，《历程》和《村治》可谓这一理念指导下所结出的两颗“硕果”。

总之，不论是对于专业研究者还是一般读者而言，《历程》都值得一读，也能从中各有获益，提供了一个观照共和国近七十年来农村社会变迁的绝佳例证。

海归大观园中的法学博士们

——《中国近代留洋法学博士考(1905—1950)》一书读后

近几年来，晚清民国时期的法律(政)人日益受到人们的关注，①尤其是那些曾经漂洋过海、浸染欧风美雨的留洋法学博士们更是成为上自学界推崇、下至生徒仰望和坊间热议的“香饽饽”，从某人全集的搜罗刊布到文集、选集的辑录，可谓盛世华章、好不热闹!

之所以会有这般热络，一来与当下国中矢志于完善法治社会的宏图伟略有关，二来也和法学博士在近代留洋博士群体中所占的特殊地位密不可分，如中国最早的留美博士就是法学博士，第一位留法博士也是法学博士，而中国近代第一位女性留洋博士也同样是法学博士……这些个第一在在说明留洋法学博士的特殊性。

不论之于学术史还是法学史，对民国法律人从思想到人生经历的多所开掘无疑有其正面意义。但正如钱锺书先生《围城》笔下的主人公方鸿渐游学欧洲时花钱购买克莱登学校的博士文凭，面对这一汹涌而来的留洋法学博士“出土热”，当具体到个人时，心中不禁要问：此公简介中的某某大学法学博士到底意味着什么？毕竟，著名口述史家唐德刚先生在为胡适做口述时就曾揶揄包括传主在内的留

---

① 在这方面，以陈夏红先生的《百年中国法律人剪影》(中国法制出版社 2006 年版)、《政法往事：你可能不知道的人与事》(北京大学出版社 2011 年版)和《法意阑珊处：20 世纪中国法律人自述》(清华大学出版社 2009 年版)三书最具代表性。

洋博士诸公们，“所以那时的中国留学生在美国，不管考得哪一‘柱’，甚至没有考，一旦回国，都迫不及待地以‘博士’自居了”①。在这方面，复旦大学法学院王伟先生积七年之功所撰就的《中国近代留洋法学博士考(1905—1950)》(本文以下简称《博士考》)很大程度上为前述疑问提供了答案，堪为学界幸事。

虽然在后记中，作者坦言《博士考》一书在研撰过程中所遇困难颇多(既受资料匮乏之苦，也有人事纷扰和纠葛在内)，但这一问题已经到了非研究不可的程度，“否则笼罩在中国近代留洋法学博士头上的将是一团不解的迷雾”，而作者的目的既非摘下那些已有的光环，也不是哗众取宠的为特定人等翻案，而是“要弄清楚那些光环背后真实的身份，同时也是为了还原这段历史的本来面目”②。笔者不揣谫陋，粗读全书后，不仅对于作者的这番直陈告白深以为然，而且认为《博士考》在现有条件下已经做到完美，突出表现为以下三个方面。

一、廓清事实真相

历史研究的可贵在于透过史家之秉笔直书求得事实真相，其成功与否除了史家个人的资质及学养外，史料的运用则是关键锁钥。就此而论，《博士考》蔚为近代法学史和留学史研究的范本之作，其征引史料之翔实和文献之广博已足使书中的有关结论令人信服，虽然作者本人并非专业史家。③

---

① 胡适口述：《胡适口述自传》，唐德刚译注，广西师范大学出版社 2005 年版，第 105 页。

② 王伟：《中国近代留洋法学博士考(1905—1950)》，上海人民出版社 2011 年版，第 562、40 页。

③ 翻看该书参考文献可知，作者运用了大量校史资料、回忆录、人物传记、纪念文集、人物辞典、人物年谱、名录、博士论文目录、人物访谈和各地年鉴、教育志、县志、地区志等。

（1）《博士考》以清末至20世纪中叶中国留洋法学博士为主要研究对象，这就必然要框定哪些人构成了留洋法学博士，随着研究的深入，那些现下已经被人误以为在海外留学时获得法学博士的归国学者就首先得到矫正，如1937年至1939年留学英国的王铁崖先生，本想攻读博士学位，但最后因“二战”爆发而遗憾回国①。另一位著名国际法学家李浩培先生同样也因“二战”之故而被迫中断学业回国，未能修成“正果”。

（2）即便对于确实获得法学博士学位的留洋学子，也需全面、辩证地看待。一方面，法学教育及其学位制度在欧美各国也是经历了一个从发展到最终定型的过程，各校之间也不尽相同。就以美国为例，今天所说的法学博士在美国就至少包括J. D.（Juris Doctor，Doctor of Law，Doctor of Jurisprudence，是目前美国法学院授予的初级法学学位）、J. S. D. 和S. J. D.（Juris Scientiae Doctor，Doctor of the Science of Law，Doctor of Juridicae Science，是美国法学院授予的最高级学位）和LL. D（Doctor of Laws，在美国专指名誉法学博士）这四种类型。除此之外，还有一种特殊的法学博士学位——比较法学博士学位（Doctor of Comparative Law，简称D. C. L. 或D. Com. L.）。美国如此，其他国家的情况亦复如是。也就是说，当代汉语语境在对位翻译时所用的法学博士这一头衔并不能清楚反映该博士学位的实质内涵，除非在其后加以括号、附上英文说明方可准确侦知，而在现实生活中，不要说普通公众，即便是圈内人或资深学者也不一定了解这一套相当繁复的学位制度。总之，你是留洋、我也海归，不都是法学博士吗，想必应该也差不多吧?!

进一步从专业角度来细分的话，法学博士又可分三类：为名实

① 《王铁崖：国际法学界“常青树”》一文作者在未经详细考证的情况下，想当然的认为王先生在英国留学时获得了法学博士学位，参见清华校友网（http://www.tsinghua.org.cn/alumni/messageshtml/5901/1082170888347.htm）。

相副的法学专业博士、有名无实的非法学专业博士和无名有实的法科哲学博士(Ph. D. in Law)。大致说来，第一种类型是所谓狭义上的法学博士，所学专业和研究方向均为法学各部门，相当于今天中国各高校法学院所授予的学位。最后一类虽名为哲学博士(即 Ph. D)，但这里的哲学与我们通常所理解的作为一门学科的哲学含义并不完全一致，它取的是哲学一词的原初含义——“热爱智慧”。因此，每个专业据此都可以颁授哲学博士，这也就是所谓广义上的法学专业博士，以宪法和国际法居多，概因这两个专业有时并非设立在法学院(系)，而是在政治学系或国际关系学系①。相比于这两类，非法学专业博士虽然在证书上也写着法学博士，但他们的专业和法学之间并没有多大关系，而主要是政治学专业和经济学专业，此类法学博士以留法者居多。

另一方面，与今天获得博士学位的前提乃完成规定学分以及通过论文答辩的惯例不同，有相当一部分近代留洋法学博士虽然其学位货真价实，但并没有博士论文，大名鼎鼎者如吴经熊、梅汝璈和倪征燠都属于此类情形。当然，有无博士论文与其日后成就高低之间并不成正比关系。试问：谁又能以吴、梅、倪三位没有博士学位论文而否认他们对于中国法学所作出的杰出贡献?

(3)《博士考》对于有关博士学位论文题目、毕业学校、所获学位方面的含糊不清和长期以来所形成的定见一一厘清，这在一定程度上既是对学术史负责，也是出于对时人的尊重，因为以讹传讹终将导致更大范围的虚假横行。

最明显者莫过于著名法学家王宠惠先生的博士学位论文题目了。一般都认为(也包括本人在内)王凭借其英译德国民法典始获耶鲁大

① 北京大学法学院著名宪法学者张千帆先生的博士学位就属于这一类，根据其简历可知，张在美国得克萨斯大学奥斯汀校区获政府学博士，但其研究领域主要还是宪法学，而非与政府有关的公共管理或行政管理。

学法学博士，而经作者多方查证后才真相大白，王的博士论文题目并非英译德国民法典，而是《住所：一个比较法的研究》(*Domicil*：*A Study in Comparative Law*)，是一篇非常专门的比较法研究论文。至于学位种类，他获得的是 D. C. L.，此学位“授予那些极其优秀且从事极为重要的研究的学生，要求至少进行两年研究工作”，“既要求课程学习，也要求撰写博士论文，且博士论文的标准很高”①，在留洋法学博士中仅此一位，有着很高的含金量。

不少公开出版的回忆录、人名录、同学录和校史中的记载则疏漏更多：获得其他专业的博士也被称为法学博士，以哈佛、耶鲁等名校代替在其他学校所获法学博士学位。造成如此众多混乱的原因不外乎两个方面：确有后人记忆偏差、导致信息误植；不乏自我或他人在特定时期出于各种动机后的抬高身价，不论是哪一种，其结果都是混淆视听。可以说，《博士考》以证据说话、正本清源，而这些事实真相的廓清对于民国法学史书写无疑有着举足轻重的作用。

二、细密而严谨的整体检视

与其他同类留学史著作相比，《博士考》除了介绍留洋法学博士们常规性的教书育人和实务贡献外(如有助于创建民国时期的司法制度、审判制度、警政制度和驰骋于国际外交场合，为中国争利权)，最大亮点在于作者就留洋法学博士学位论文质量所作的专精研究，着实让人大开眼界。仅此一项，就可更新和夯实人们对于中国近代留学史的认知。

(一)论文造假

是的，不独刻下，近代留洋法学博士中也存在论文造假，这或

① 民国时期，包括北大、清华和武大在内的国内高校在院系设置上大抵遵循文、法、理、工、农、医这几大类，经济学、社会学和政治学一般都在法学院下面，并未有如今日纷纷独立设院(系)。

许令已然习惯于当今中国学界“文抄公”盛行，儒慕一身“民国范”的诸多友朋备感讶异，但这就是事实！

依据胡适日记和留比法学博士凌其瀚的回忆，作者相互参照证明享有中国近代第一位女性留洋博士之美名——郑毓秀的巴黎大学法学博士学位论文乃由王宠惠先以英文写就，而后再由彼时的中国驻法使馆秘书谢东发转译为法文。或许也是心虚所致，郑毓秀在其晚年的回忆录中主要忆述其一生的革命活动，而对留洋攻博经历蜻蜓点水、一笔带过，这也从一个侧面说明法学博士这一名号在她心底深处的真实分量。① 以今天的标准衡之，王宠惠、谢东发二位岂不成了“枪手”吗？

（二）论文选题重复、轻重有别，多从中国角度出发，缺乏具有普遍性意义的深远论题

有过博士论文写作经验的都知道选题是否精当所透露的，其实是研究者自身对于该领域过往研究积累和当下学术前沿的综合掌握程度。《博士考》明确指出中国近代留洋法学博士的学位论文选题大量重复，实则是“炒冷饭”，且都集中在比较好写的国际法、宪法和行政法领域，而法理学、法制(律)史、诉讼法和国际私法等高、严、难方向则甚少有人问津。即便如此，很多人所写的博士学位论文也主要还是运用西方理论来探讨中国法制的某一方面或中西交往过程中的特定法律问题(这种情形在人文社会科学专业的留洋博士中较为常见，如顾维钧的博士学位论文《外人在华之地位》、胡适的博士学位论文《先秦名学史》和陈焕章的博士学位论文《孔门理财学》都属此

---

① 为了彰显自己的革命履历，郑毓秀为其自传所取的书名即是“我的革命生涯”(My Revolutionary Years)。关于郑氏的博士学位论文造假问题，就笔者在读秀和中国知网检索有关文献可见，《博士考》是迄今首部公开说明此一问题的学术著作。读者若有兴趣，还可参见《现代学人涉嫌剿袭举例》一文(胡文辉：《洛城论学集》，浙江大学出版社 2012 年版，第 145～162 页)，文中列举了刘师培、方壮猷、黄现璠、贺光中等多位现代学人的抄袭掌故。

类)。以纯粹意义上的法律问题作为研究对象的博士论文则属凤毛麟角，而又获得国际一致公认的至今可能也就数陈体强先生的博士论文了①。《博士考》在此实际上借助于考察近代留洋法学博士的论文水平提出了一个深层次问题：民国时期的学术水准到底处在一个什么位阶上？著名历史地理学家葛剑雄先生曾就此有精辟动见，不妨照录于此。

> 民国时期的学术水平如何，就自然科学和社会科学而言是有国际标准的。尽管有少数科学家已经进入前沿，个别成果达到世界先进，但总的水平还是低的。人文学科的具体任务或具体成果很难找到通用的国际标准，但如果用现代学科体系来衡量，显然还处于初级阶段。如果在中国内部进行阶段性比较，则除了个别杰出人物外，总体上远没有超越清朝。而今天的总体学术水平，已经大大超越了民国时期。至于杰出的个人的出现，主要是因为他们的天才获得了发挥的机遇，与整体水平没有必然联系。而且历史上出现过的学术天才，或许要经过相当长的年代才可能被超越，甚至永远不被超越，民国时期也是如此。②

---

① 已故著名历史学家何炳棣在其回忆录《读史阅世六十年》一书中说："据我所知，20 世纪炎黄子孙博士论文一出立即被誉为国际名著者只有两部：一部是 20 年代萧公权先师康奈尔博士学位论文 *Political Pluralism: A Study in Contemporary Political Theory*(此书已有中译本，参见中国法制出版社 2012 年版《政治多元论：当代政治理论研究》一书)；另一部就是陈体强牛津论文《有关承认的国际法》。"自视甚高的何氏对于陈体强博士学位论文也不吝其赞美之词："尤可贵者在其能了解并预期战后新形势(如全球性反殖民民族解放建国的政治洪潮)所需之国际法方面的理论依据。因此，陈书甫经问世，立即被举世公认为标准著作，被列为国际法必读之书。"参见何炳棣：《读史阅世六十年》，中华书局 2012 年版，第 171 页。

② 葛剑雄：《被高估的民国学术》，《文汇报》，2014 年 10 月 17 日第 15 版。

法学属于社会科学，而且其理论与方法多半产自泰西，虽有各国国情之别，但不容否认还是存有一套标准在的。

三、《博士考》为我们还原了到底谁是中国近代第一位留洋博士

在此之前，王宠惠通常被认为是中国近代首位留洋博士获得者(时在1905年6月28日)，各种论著或辞典也都照写不误。① 这本没有疑问，但根据前述所谓有实无名的法科哲学博士可知，这些 Ph. D. 获得者的所学专业主要是以政治学和法学中的国际法、宪法为主，而于1905年6月14日获得哥伦比亚大学哲学博士的严锦镕正是一位宪法学研究者，其博士学位论文为《在美国宪法第十四修正案之下国民与个人应有的权力》，属于典型的美国宪法论文，刚好在王宠惠之前两周拿到学位。比照之下，严锦镕当是中国近代第一位留洋博士，也是第一位留洋法学博士，且其专业方向为宪法学，这不仅于中国法学史、留学史，更是对整个近代史功莫大焉！

总体来看，随着1949年国共鼎革、天地玄黄，近代留洋法学博士的命运也被卷入时代大潮。王宠惠、吴经熊、端木恺、王化成、张彝鼎、陈锐霆、丘汉平、王世杰、谢冠生等一部分留洋法学博士或去台湾，或往美国，可以说是在海外继续着自己的法学教育和研究事业，其人与其学则要到三十年后春暖花开之时才归去来兮、反哺中土法界；而周鲠生、梅汝璈、倪征燠、杨兆龙和燕树棠等留在大陆的留洋法学博士则由于人所共知的原因而在一个学者生涯的壮

① 需要指出的是，伍连德虽于1903年获得剑桥大学博士学位，但其身份在国籍上应是广义上的中国人或是华人，因伍出生于马来亚槟榔屿，该地时为英国殖民地，伍获得博士学位时的身份是“英国海峡殖民地居民”，而非中国居民。有关伍连德的生平，可参见伍连德《鼠疫斗士——伍连德自述》一书(程光胜、马学博译，湖南教育出版社2011年版)。

岁年月被迫离开学术一线，也失去了继续攀登法学高峰的宝贵时机。①

① 如杨兆龙在院系调整后被调往复旦大学教授俄语，至此与法学研究绝缘，1979年去世；燕树棠1949年后更是被贬至武汉大学法律系编译室和图书馆工作，1984年以93岁高龄仙逝。以他们为代表的近代留洋法学博士在人生后半段基本未能发挥应有作用，只有少数如端木正、芮沐、韩德培等高寿者在改革开放后的新时期以“老骥伏枥、志在千里”之心志扶植后进，培养学生，分别为各自所在学校法学学科的恢复、重建与人才的培养奉献着人生中的最后光亮，不幸之中亦算幸耶！有关细节可参见杨兆龙《大陆法与英美法的区别》(陈夏红编，北京大学出版社2009年版)、燕树棠《公道、自由与法》(清华大学出版社2006年版)、吴志攀《闻道与问道》(北京大学出版社2008年版)和韩铁《风雨伴鸡鸣——我的父亲韩德培传记》(中国方正出版社2000年版)。

后　记

到了为本书写后记的时候，一向快笔的我却迟迟无法动笔，这倒不是某种扭捏作态式的“矫情”，而是内心翻滚的直接外露——说实在的，这十多年的问学经历(从本科开始算起)着实不易，当看到这些文字时，过往的一幕幕犹如昨日，重现于脑海之中，实已难用酸甜苦辣来形容，而所有的感动最后竟都化作两行热泪，夺眶而出——我知道，这泪水既是对此前岁月的纪念，也更是对下一个人生十年的自我砥砺，这其中除了学术精进之外，更有对生活的领悟和感恩。

书中的大部分篇章都曾独立发表，在此也十分感谢当时给予本人“露脸”机会的各位编辑，特别是《书屋》的刘文华老师、《中学历史教学参考》的韩迎迎老师和《绿叶》的夏永红老师。除去《美味背后的欺诈》一文在博士学位论文出版(《美国食品药品纯净运动研究》，武汉大学出版社 2016 年版)时作为附录已经“面世”之外，其他各篇皆属首次结集出版。

在编选过程中，笔者对每篇文章重新作了修订，改正了其中的错别字和若干有欠通顺的语句，一些过长的段落也根据上下文重新分段，以便阅读，另对首次出现的外国人名一般统一标注其西文全名。同时，文章中的年月日一律使用阿拉伯数字，而在其他地方涉及数字时则都改为以汉字表述。

至于文中的注释，由于主要都是书评类文章，发表时即遵循刊物要求和风格——即有些篇章在文后附有少量参考文献，有些则干脆省略，此次成书时，除了保留《如何理解大学之“大”》和《海归大观园中的法学博士们——〈中国近代留洋法学博士考(1905—1950)〉一书读后》这两篇文章的注释之外(也因中国知网未收录)，其他则一律只有正文。

本书最终能够得以面世，需要感谢的人实在太多。

首先是始终相伴，并给予默默支持的父母和家人，正是因为有了爸妈照顾刚出生的呦呦和内子立媛包揽家务，自己才能全力以赴于平日的读书和写作，而对于即将要来到人世的子衿(岳母取名“小格格”)来说，这本小书也是爸爸给她的“见面礼”！

其次则是多年来一路走来所结识的师长和好友，他们分别是：中共龙岩学院党委副书记朱闽、龙岩学院中央苏区研究院院长和著名中共党史专家蒋伯英教授、龙岩学院中央苏区研究院执行院长张雪英教授、龙岩学院中央苏区研究院王瑞博士、办公室张晓飞老师、天津理工大学马克思主义学院余永和教授、仲恺农业工程学院马克思主义学院胡小芬博士、宜昌市博物馆唐凛然博士、本科同学刘磊(现已在印尼创业发展)、泰山学院历史与社会发展学院李志刚博士、复旦大学历史学系许明杰博士、江西省高级人民检察院帅清华博士、广西壮族自治区高级人民法院赖正直博士、江苏大学法学院王刚博士、新疆财经大学法学院吕伟博士、衢州学院思政部张立平博士、武汉大学历史学院在读硕士曹振禹、南京大学历史学院考古文物系在读博士董浩辉等。

最后，本书责任编辑李程老师为小书的出版提供了诸多帮助，在此谨致谢忱、深表感谢！

限于学力所及，书中必定还有不少疏漏之处，还请各位师友批评指正，在此先行表示感谢！需要说明的是，本书出版得益于龙岩学院奇迈书系基金赞助。

本书从设想到最后的出版这一全程也与笔者的工作变动相始终，于我而言，从干燥多风的晋中到温暖如春的闽西，不仅是两者之间气候的截然有别，更是心境的“刷新”，这本小书也代表了过往的一段时光，而重新出发，回到博士论文，这才是自己接下来要做的事，可谓任重而道远！

吴强

2017 年 1 月 27 日岁末除夕于江西省婺源县方汇小区

2017 年 4 月 30 日修改于山西省太谷县山西农业大学韩氏楼 106

2018 年 5 月 3 日改毕定稿于福建省龙岩市龙岩学院中央苏区研究院办公室